掌《てのひら》の花《はな》

Cage of the flower

掌《てのひら》の花《はな》

宮緒《みやお》 葵《あおい》

ILLUSTRATION：座裏屋蘭丸《ざりやらんまる》

掌の花

LYNX ROMANCE

CONTENTS

掌の花

冬から春へ移り変わりつつある日差しが、道路に面した東側の窓から差し込んでくる。

昼の十二時を少し過ぎた宇都木《うつぎ》総合法律事務所に残っているのは、弁護士と事務員が一人ずつだけだった。斜め向かいの席を立った事務員の佐々木節子《ささきせつこ》が、デスクをわざわざ回り込み、プリントアウトした紙を差し出してくる。

「若先生。赤羽《あかばね》の土地の登記簿謄本、取れましたよ」

「ありがとう…」

ありがたく受け取ろうとして、宇都木聡介《そうすけ》は僅かに目を瞠《みは》った。

謄本に添えられた節子の指先が、光沢のあるほのかなピンクに染まっている。引退した祖父の代から働いてくれているこのベテラン事務員は、普段、服装は清潔感があればいいと断言しており、お洒落《しゃれ》に気を遣っているところなど今まで一度も見たことがないのに。

「あ、これはこの間、娘が遊びに来た時にやってくれたんですよ。私はいいって言ったんですけど、これくらいならオフィスでも大丈夫だからって」

聡介の視線に気付いた節子が照れ臭そうに笑った。そういえば以前、女手一つで育てた娘が美容師になったと聞いたことがある。実の娘の見立てだけあって、控えめなピンクの色彩は、ふっくらとした指先を女性らしく引き立てていた。

「ああ、なるほど。よく似合ってる」

思ったままを素直に告げれば、節子は目をぱちくりとさせた。

「若先生が誉《ほ》めて下さるなんて！　由佳《ゆか》ちゃんと理恵《りえ》ちゃんがお昼に出ていて良かったわあ」

「……？　どうしてあの二人が出てくるんだ？」

「だってあの子たち、ちょっと手が空けば『若先生、若先生』って纏《まと》わり付いて、ずいぶんとご執心じゃないですか。さっきだってせっかくランチに誘ったのに、若先生がすげなく断るものだから、がっかりして出て行きましたよ」

吉川《よしかわ》由佳と木下《きのした》理恵は、今年の春に入所したばかりの新人だ。大学卒業後、事務所で働きながら都内の法科大学院に通って司法試験合格を目指すいわゆるパラリーガルだが、大学生の孫まで居る節子にかかれば、小さな女の子同然らしい。所長の父ですら、時折、駄々《だだ》っ子のようにあしらわれているのだから。

「単に、実務経験をなるべく積んでおきたいだけだろう。そうすれば、司法試験合格後はすぐ開業出来るから」

「若先生ったら、相変わらず朴念仁《ぼくねんじん》なんだから。法科大学院に通ったたって必ず合格するわけじゃないでしょう。だったら若先生を狙ったたっておかしくないですよ。きりりとした男前で背も高くてT大卒で、予備試験から司法試験に合格した好物件なんて、そうそうお目にかかれませんもの。もう一人の好物件は、売約済になっちゃったわけだし…」

やれやれと言わんばかりに苦笑する節子の目は、聡介の隣のデスクに向けられている。整然と片付けられたそこは、聡介の大学の後輩でもある同僚の弁護士、椿雪也《つばきゆきや》の席だ。

雪也は二時間ほど前、担当する事件の審理に参加するため、歩いて三分ほどの距離にある東京地裁に出向いたきり戻って来ない。おおかた、口頭弁論が長引いたので、そのままどこかで昼食を取ってから帰るつもりなのだろう。

もしかしたら自宅――『恋人』のもとに赴いているのかもしれないが…。

「…先生？　若先生？」

「えっ？」

何度も呼びかけられ、はっとして我に返ると、節子の皺《しわ》深い柔和な顔がすぐ傍《そば》にあった。聡介が幼い頃、忙しい両親の代わりに泊まり込みで世話をしてくれたこともある老婦人は、子どもにするように聡介の額に掌《てのひら》を当てる。

「熱は無いみたいだけど…急ぎの案件が無ければ、今日は早く上がったらどうかしら？　若先生、このところ何かと根を詰めていらっしゃるみたいだから」

「佐々木さん…」

ずっと心配させてしまっていたのだと悟り、申し訳無さでいっぱいになったが、聡介は静かに首を振った。

「心配してくれたのに申し訳無いが、赤羽の土地の境界確認の件、十三時までに準備書面を完成させておきたいんだ。なるべく提訴を急いで欲しいと、クライアントから昨日連絡があったから」

「でも、それじゃあお昼も食べられないでしょうに」

「書面を完成させて先方に送ったら、休憩がてらどこかに食べに出るよ。その頃には誰か戻っているだろうし」

節子はまるで納得していない様子だったが、それ以上追及はしなかった。聡介が一度言い出したらいくら止めても無駄だと、幼い頃からの付き合いで理解しているのだ。

その代わりに、と押し付けてきたのは、節子お手製の弁当である。弁護士は基本的に外出が多いため、事務所を空にしないよう、昼時は節子が必ず残ることになっているのだ。

「お仕事をしながらでいいから、それを召し上がって下さいよ。お腹を空かせていたら、ろくに頭も働きませんからね。あ、空のお弁当箱はちゃんと洗っておいて下さいね」

「あ、ああ…」

「じゃあ、私は近くの喫茶店にご飯に行ってきますから」

有無を言わせぬ勢いで聡介に頷《うなず》かせると、節子は制服の上にカーディガンを引っかけ、そそくさと事務所を出て行った。無人の事務所に残されたのはずっしりと重たい弁当の包みと、呆気《あっけ》に取られる聡介だ。

「……仕方が無い、か」

あんなふうに言われたら、食べないわけにはいかない。聡介は広げていた資料をざっと片付け、渋めの緑茶を淹《い》れると、お手製弁当の包みを開いた。

重箱の中には、大ぶりのおにぎりが三個に、唐揚げや煮物などのおかずがぎっしりと詰められている。初老の女性には明らかに多すぎる量だ。

おそらく最初から、聡介に食べさせるために用意してくれたのだろう。このところめっきり食欲が落ち、痩せてしまったせいで、ずいぶん気を揉《も》ませたらしい。

ずきん、と良心が咎《とが》めるのは、限界寸前まで予定を詰め込んでいるのが聡介自身だからだ。事務所の所長である父、賢一《けんいち》からも忠告された。そんなペースで仕事を続けていたら、いくら体力があっても持たないと。

けれど、身動きが取れなくなるくらいに忙殺されていなければ、らちも無い考えばかりがとめど無く頭を巡るのだ。絶対に正しいことをしたはずなのに、違っていたのか。いっそ何もせず、傍観に徹していれば良かったのか。

『——先輩のご厚意には、感謝しています』

その名前の通り、雪の中に咲く椿のように艶《あで》やかな後輩の姿が脳裏に閃《ひらめ》く。

『…ですが先輩、ご自分の価値観が全ての人間に当《あ》て嵌《は》まるとお思いなら、それは大きな誤りです。いつか痛い目を見ることになるかもしれませんよ』

長い付き合いでも初めて見た冷ややかな表情に、忘れ去ったはずの懐かしい面影が重なった。姿かたちはまるで似ていないのに、雪也は時折、不思議とあの男を彷彿《ほうふつ》とさせる。数多《あまた》居る可愛《かわい》い後輩たちの中でも、とりわけ世話を焼きたくなるのは、そのせいかもしれない。

物腰柔らかでありながら、強い意志を秘めた黒い瞳。常に絶やさない微笑《ほほえ》み。男にしては白くしなやかな指先を彩る、血のような紅《あか》…。

「……っ」

ふいに闇から浮き上がりそうになった記憶を、聡介は頭を振って追い払った。ごま塩の振られたおにぎりを選び、わざと大口を開けてかぶりつく。具は梅干しだ。強烈な酸味が、頭の中の靄《もや》を消し去ってくれる。

……今日の俺は、どうかしているな。

雪也もあの男に負けないほど白く綺麗《きれい》な手の持ち主だが、勿論《もちろん》、ネイルを施しているところなど見たことは無い。記憶がごちゃ混ぜになっている。さすがに仕事を詰め込みすぎたのかもしれない。今抱えている案件が解決したら、少しペースを落とすべきだろう。そのためにも、きちんと食べて体力を取り戻さなければ。

聡介は軽い胃もたれを感じつつも弁当を完食し、空になった弁当箱を給湯室で洗った。腕時計を確認すると、午後一時近くだ。昼食に出て行った同僚たちも、ぼちぼち戻り始める頃合だろう。

「若先生、いらっしゃいますか？」

席につき、凝った首をぐるぐる回していると、入り口のパーティションからショートヘアの若い女性がひょこりと顔を覗《のぞ》かせた。パラリーガルの吉川由佳だ。聡介の姿を認めると、ほっとしたように口元を緩める。

「良かった、まだ出かけていらっしゃらなかったんですね」

「…何かありましたか？」

「実は、下でうちを訪ねてこられた方にお会いして。お話を伺ったら、若先生の元同級生だとおっしゃるので、上までお連れしたんです」

宇都木総合法律事務所は、東京地方裁判所近くのオフィスビルの六階と七階に入居している。所長の方針で、アポイント無しのクライアントでも基本的に受け容れるが、たとえ事務所に用がありそうな人間を見かけても、所員がわざわざ声をかけることは無い。自ら法律事務所にやって来ても、法的手段に訴えるべきかどうか、まだ迷っている場合も多いからだ。

「…私の、元同級生?」

それならまずプライベートの番号に連絡があっても良さそうなものだが、と首を傾《かし》げつつも、聡介はくだんの来客をオフィスに通すよう由佳に頼んだ。どのみち紹介状無しの相談者は、その時対応した弁護士が受け持つことになっている。今、在席している弁護士は聡介だけなので、聡介が対応せざるを得ない。

「……久しぶり、聡介。元気だった?」

何故《なぜ》、由佳たちは暗黙の了解を破ってまで声をかけたのか。

もう一人のパラリーガルの理恵に付き添われ、その男が現れた時、疑問は氷解した。

話しかけずにはいられなかったのだ。典雅でありながら華やかな、匂い零《こぼ》れるようなその美貌に引き寄せられて。……かつての聡介が、そうであったように。

「お嬢さん方、案内して下さってありがとうございます。これ、つまらないものですが」

陶然と己に見惚《みと》れる理恵に、男は老舗菓子店のロゴが印刷された紙袋と、大事そうに抱えていた花束を手渡した。

細い枝に零れ落ちそうなほど咲いたその白い花の名前を、聡介は知っている。

教えてもらったのだ。十年ほど前の、ちょうどこの季節に…他でもない、目の前の男から。

『――ウツギ、っていうんだよ。君と同じ名前だね』

普段は気にも留めない節子の指先が、今日に限って目についたのは、思いがけない再会を予感していたのかもしれない。

「いきなり押しかけてごめん。…でも、逢《あ》えて嬉《うれ》しいよ」

心底嬉しそうな笑顔が十年前のそれと重なり、聡介は遠い過去に誘《いざな》われた。


『お前んち、すげえな。家族で裁判出来るじゃん』

宇都木聡介の家族構成を知った友人は、必ずそう感嘆した。宇都木家は曾《そう》祖父の代から法律事務所を経営しており、祖父と父は弁護士、祖母は裁判官、母は検察官。親類縁者もほとんどが法曹界の住人という、法曹一族なのだ。

人権派の弁護士として有名な祖父や父の背中を見詰めて育つうちに、聡介もまた弁護士になりたいと願うようになっていった。裁判官や検察官にも憧れはあったが、自らの意志で弱者に手を差し伸べられる弁護士の方が、生まれつき正義感の強い聡介には魅力的に映ったのだ。

両親の頭脳を受け継いだ聡介は、成績優秀なのは言うまでもなく、運動能力にも優れていた。体力作りのために始めた剣道は打ち込めば打ち込むほどめきめきと上達し、幾つもの大会で優勝した。中学からはT大進学率一位を誇る都内有数の名門男子校に入学し、人間関係にも恵まれ、たくさんの友人たちに囲まれて過ごした。

充実した日々に新たな色彩が加わったのは、高等部に進学してからのことだ。

新しいクラスに、初めて見る顔が交じっていた。聡介の母校はほとんどが中等部からの持ち上がり組で、高等部からの新入生はごく稀《まれ》である。だが、窓際の席についた彼が生徒たちの注目を痛いくらい集めているのは、物珍しさではなく、彼自身の容姿のせいだろう。

高等部の校舎も、造り自体は中等部とさほど変わらない。自室よりも馴染《なじ》んだ教室の風景の中、聡介の目には、彼…黒塚菖蒲《くろづかあやめ》の周囲だけが鮮やかに浮かび上がって見えた。それは腐れ縁の友人たちも同じだったはずだ。いつも馬鹿《ばか》騒ぎをしてばかりの奴《やつ》らが、あんぐりと口を開け、彼に見入っていたのだから。

聡介たちと同じ制服を着て、時折瞬きをしていなければ、誰かが悪戯《いたずら》で精巧な人形を置いたのかと思い込んだかもしれない。白磁のような肌も、黒々とした切れ長の双眸《そうぼう》も、柔らかそうな紅い唇も、女でないのが勿体無《もったいな》いくらいの繊細さだ。

何の感情も浮かべていないのに、どういうわけかあえかに微笑んでいるように見える顔は、どきりとするほど麗艶でありながら典雅な気品に満ち、不躾《ぶしつけ》に直視するのが躊躇《ためら》われるほどである。千年の昔、御簾《みす》の奥に隠れて暮らしていた貴族の姫君は、こんな姿をしていたのではないだろうか。

誰かが開けっ放しにした窓から、春風が吹き込む。そのたびに菖蒲の黒髪がそよぐ微《かす》かな音を聞き逃すまいと、遊び盛りの十代の少年たちが微動だにせず、聞き耳を立てている。傍《はた》から見れば奇妙極まりない光景だろうが、本人たちはいたって真剣だ。

聡介もまた、菖蒲の作り物めいた美貌を…きちんと机の上に揃《そろ》えて置かれた手を、じっと見詰めていた。

剣道に打ち込んできたせいで竹刀《しない》だこが出来、陽に焼けてごつごつとした聡介の手と違い、菖蒲のそれは男にしてはほっそりと長く、白魚のような、という古典的な表現がしっくりくる。新しい担任教師がやって来るまで、いや、それ以降も、聡介は菖蒲から目が離せなかった。

入学式の翌日には、菖蒲の存在は学校じゅうに知れ渡っていた。中高一貫教育を謳《うた》うこの学校に高等部から編入してくるのは、何らかの特殊な事情を持つ者と決まっている。加えてあの浮世離れした美貌とくれば、注目を集めるのは避けられない。

普通なら、菖蒲は好奇心を抑えきれない生徒たちに囲まれ、質問攻めにされていただろう。だが、そうはならなかった。皆、菖蒲を遠巻きにするだけだ。入学式から間も無く、菖蒲にあれこれと質問を浴びせた剛の者が、冷笑で撃退された。その一件の影響だろう。

聡介もたまたま居合わせたが、春先なのに全身が凍り付くような寒気を味わったものだ。あんな笑みを向けられたら、しばらくは立ち直れまい。

並外れたその美貌をいばら代わりに、菖蒲は周囲の好奇心や不躾な視線から己を守っているようだった。必要最低限しか口を開かず、誰とも仲良くなろうとしない。

五月に入り、菖蒲という異物が学校に馴染みだした頃。聡介は思いがけず、教室の外で菖蒲と遭遇した。剣道部の朝練を終えて校舎に戻る途中、ひとけの無い校庭の片隅に、一人でぽつんと佇《たたず》んでいるところを見かけたのだ。

クラスメイトに向けられたあの冷笑が頭をちらつき、聡介は反射的に踵《きびす》を返す。だが、立ち去ることは出来なかった。校庭に植えられた木を見上げ、枝先に咲いた白い花をつんつんと突《つつ》く菖蒲が、どこか嬉しそうだったからだ。

『花が好きなのか？』

歳《とし》相応の少年らしい表情と、桜貝のような爪に魅せられ、気付けば聡介は声をかけていた。びくっとして振り返った菖蒲は、逃げこそしないものの、切れ長の瞳を見開いたまま一言も喋《しゃべ》ろうとしない。

『俺は宇都木だ。…同じクラスの』

あの調子ではクラスメイトの顔すら覚えていまいと思って名乗ったのだが、予想に反し、菖蒲は小さく吹き出した。心からの笑みを浮かべると、人形めいた顔にたちまち血が通う。まるで花が咲いたようだ、と感嘆する聡介に、菖蒲は白い花を指差してみせる。

『——この花、ウツギ、っていうんだよ』

『え？　ウツギって…』

『そう。…字は違うけど、君と同じ名前だね』

茎の中が空だから空木《うつぎ》、あるいは旧暦の四月に咲くから卯木《うつぎ》と書くのだと、菖蒲は教えてくれた。聡介が感心して相槌《あいづち》を打つたび、くすくすと抑えきれない笑いが零れる。ウツギの花を眺めていたら人間の宇都木に話しかけられた、というのがよほどおかしかったらしい。

正直なところ、菖蒲の笑いのつぼは理解不能だったのだが、それを契機に聡介は菖蒲と言葉を交わすようになった。近寄り難いのはその容姿だけ。話してみれば菖蒲は実に気さくで、時には冗談も口にするし、男子校特有の下ネタにも平然と応じる、ごく普通の男子高校生だ。

そんな菖蒲がクラスに溶け込むまで、そう時間はかからなかった。途中入学とあの容姿のせいで、どちらも気を張っていただけだったのだろう。

一年生にもかかわらず剣道部の主将を務め、トップの成績を保つ聡介は常に人の輪の中心にいたが、二年生に進級する頃には、誰よりも傍に居るのは菖蒲になっていた。優しげな笑みを絶やさないくせに、時に辛辣な毒を吐くこともあり、打てば響く知性の主でもある菖蒲の傍はひどく居心地が良いのだ。

菖蒲にとっても、聡介が最も気の休まる相手だったのだろう。

『…聡介って、俺の家のこととか全然聞かないよね』

互いを下の名前で呼び合うのにも慣れた頃、菖蒲が唐突にそんなことを言い出した。確か生徒会室で、手伝ってくれる菖蒲の相変わらず艶《つや》やかな指先を密かに見詰めながら、議事録を作成していた時のことだ。

文武両道を旨とする聡介の母校では、剣道部の主将が生徒会長も兼ねるのが伝統だった。三年生を差し置いて生徒会長に就任してしまった聡介を、菖蒲は自ら書記に立候補し、補佐してくれていたのだ。

『うん？　聞いて欲しいのか？』

『そういうわけじゃないけど…皆、どうして途中入学してきたのかって一度は必ず聞いてくるのに、聡介はそんな素振りすら見せないから。興味が無いのかと思って』

『言いたければ、お前は俺が催促するまでもなく言うだろう。言いたくないことをわざわざ聞き出したいとは思わない。今のお前と付き合うのに、過去なんて必要無いんだし』

何気無く告げただけなのに、菖蒲が資料を揃える手を止め、まじまじとこちらを見詰め返してきたので、聡介はたじろいだ。一年以上、家族より長い時間を共に過ごしても、濡れたような黒い瞳の引力にはいっこうに慣れていなかった。形の良い顎に添えられる、白い指先の嬌艶《きょうえん》さにも。

『…聡介って…』

『…な、何だよ』

『……何でもない。聡介は聡介だ、って思っただけ』

二年生に進級する少し前、初めて招かれた菖蒲の自宅は一等地に建つ高級マンションだが、住人は菖蒲一人だけだった。元々関西の出身で、高校進学と同時に引っ越してきたという。簡単な説明に地元の家族は一切登場せず、聡介は確信した。やはり菖蒲は特殊な家庭環境ゆえ、たった一人、遠く離れた東京《とうきょう》の学校に進学した…せざるを得なかったのだと。

その時も、聡介は詳しい説明を求めず、そうなのかと頷いただけだった。人の心にずかずかと土足で踏み入る類の人間であるかどうか、菖蒲に試されているような気がした——それもある。だが、本当にどうでも良かったのだ。菖蒲と家族の確執も、東京に引っ越した経緯も。大切なのは、今、ここに菖蒲が居る。ただそれだけだったのだから。

けれど菖蒲は、自分のことを何も知りたがらない存在がよほど信じ難いらしく、折に触れ、聡介の心を確かめようとするのだ。あの美貌である。無神経な輩《やから》に、今まで相当悩まされたのだろう。

聡介が何も変わらないと悟るや、ほっとしたような、ばつが悪そうな顔をする菖蒲を、聡介はよく自宅へ連れて行った。息子の一人暮らしの友人を不憫《ふびん》がった母にせがまれ、夕食に招待したのがきっかけで、菖蒲は宇都木家の二人目の息子の如《ごと》く歓迎されるようになっていったのだ。

家族の誰もが、礼儀正しく美しい菖蒲を気に入り、可愛がっていた。特に母などは世話好きの本領を発揮し、菖蒲が訪れると待ってましたとばかりに構い倒す。実の息子でも時折鬱陶《うっとう》しくてたまらなくなるのだが、菖蒲に嫌がる素振りは無く、満更でもなさそうなのが印象的だった。

おそらく菖蒲は実の家族との交流には恵まれなかったのだろう。母の手料理に柔らかな笑みを浮かべて舌鼓を打ち、父や祖父に将棋の勝負を挑まれれば快く受けて立ち、何時間でも付き合っていた。聡介は一人っ子だが、兄弟が居たらあんなふうだったのかもしれない。

聡介の方が菖蒲のマンションに泊まりに行くことも多かった。大人たちに囲まれていては出来ない楽しみに興じるためだ。

互いに持ち寄ったお勧めの漫画を徹夜で読んだり、ゲームをしたり、聡介が父の部屋から失敬してきた酒をちびちび舐《な》めてみたり……そこにＡＶ鑑賞が加わったのは、聡介たちの年齢を考えれば当然の流れだったといえよう。

最新のオーディオ機器が完備され、いきなり親が乱入してくる恐れも無い菖蒲のマンションは、秘密の上映会場としては完璧だった。そこに招かれるのは、どれほど菖蒲がクラスに馴染もうと、最後まで聡介だけだったけれど。

『……聡介、もしかして勃《た》っちゃった？』

クラスメイトから借りた秘蔵ＡＶをふかふかのソファで観賞中、隣に座っていた菖蒲がそっとにじり寄り、耳打ちをしてきた。クッションを抱えてごまかしていたつもりなのだが、目敏《めざと》い菖蒲にはばれてしまったらしい。

『…お、お前は、どうなんだよ…』

健全な男子高校生なら当たり前の現象…と開き直れるほど図太くない聡介が赤面すると、菖蒲は意味深長に微笑み、聡介の手を己の股間に導いた。画面だけに注目していたので気付かなかったが、欲望とは無縁の涼しそうな顔とは裏腹に、菖蒲のそこは聡介と同じ状態になっている。

『そりゃあ勃ってるよ。当たり前でしょう？』

『…っ、お、おい、菖蒲…』

『聡介、つらそうだね。……抜いてあげる』

切れ長の双眸がにわかに艶めいた光を帯びる。止める間も無かった。呆然《ぼうぜん》とする聡介のジーンズの前をさっとくつろげるや、菖蒲は下着から手際良く勃起したものを取り出し、扱《しご》き始める。

『…は…、…ぁっ…』

聡介に誘われて剣道部に入部し、日々切磋琢磨《せっさたくま》したおかげで菖蒲もかなり筋肉をつけ、入学当初より遥《はる》かに逞《たくま》しくなっていたが、聡介とて伊達《だて》に剣道部主将を名乗っているわけではない。渾身《こんしん》の力をこめれば振り解《ほど》けただろう。

そうしなかったのは、聡介の肉茎に絡み付き、妖《あや》しくうごめく菖蒲の白い手に惹《ひ》きつけられていたからだ。

意志を持ってうねる指先は、まるで五枚の花びらを揺らす花のようだった。聡介の欲望を煽《あお》り、搾り取ろうとする妖花だ。大型画面の中で女優の上げる嬌声が聡介のそれと交じり合い、男に犯されているのは自分のような…穢《けが》されているような、それでいてひどく神聖な何かを穢しているような、奇妙な感覚がひたひたと押し寄せてくる。

『あ…、あっ、ああー……っ！』

強すぎる快感の波に抗《あらが》えず、聡介が呆気無く果てるまで、ものの三分もかからなかっただろう。たまにする自慰でも、こんなに早く達したことは無い。剣道一筋だったせいで女性との経験も無かったが、もし女性と行為に及んだとしても、もう少しは持つはずだと確信出来る。

『…ふ、…ふふ…』

菖蒲は放たれた精液を残らず掌で受け止めると、聡介の目の前にかざしてみせた。白い指先を、もっと白いどろどろとした液体が…聡介の放ったものが粘つき、絡み付きながら伝い落ちる様はひどく淫靡《いんび》で、ごくり、と喉が自然と上下する。

『ずいぶん、溜《た》まってたんだね…こんなにいっぱい…』

『あ、……っ！』

白い雫《しずく》が糸を引いて落ちそうになる寸前、菖蒲は掌をくっと上向け、ちろり、ちろりと舌を這《は》わせる。味わい、舐め取っていく。しなやかな指先と、その先端でほんのり色付いた桜色の爪を穢す、聡介の精液を……。

口の中のものを味わい、躊躇いも無く嚥下《えんげ》した菖蒲が、濡れた唇をゆっくりと吊《つ》り上げる。

『……今度は俺の番……、ね？』

そそのかされた…否、そそのかしてもらったのだろう。だって聡介も、触れたくてどうしようもなかった。菖蒲に――今、一番熱いであろうそこに。

その日、聡介は生まれて初めて同性の性器に触れ、射精に導いた。互いの唾液と精液に濡れた菖蒲の手を、きつく握り締めながら。

互いの手を借りた行為が自慰など比べ物にならないほど気持ち良いのだと知ってしまってからというもの、聡介が菖蒲のマンションを訪れる頻度はぐんと上がった。AVの上映会というのは、もはや口実でしかなかった。何故なら二人は女優が派手に喘《あえ》ぐ画面になど一瞥《いちべつ》もくれず、互いのものを扱き合っていたのだから。

『…菖蒲、それは…』

『さっきコンビニに寄った時、見付けたから』

もう何度慰め合ったのかもわからなくなったある日、洗面所に引っ込んだ菖蒲が戻って来ると、その両手の爪には紅いマニキュアが施されていた。普通の女性が塗ったならどぎつくて浮いてしまいそうなそれは、手入れの行き届いた菖蒲の爪には不思議なほどよく映え、常には無い色香を匂い立たせている。

『…どうして、そんなものを』

ひとりでに鳴ってしまいそうな喉をなだめながら問えば、菖蒲は微笑んだ。学校でふざけている時とは違う、最近聡介だけに見せるようになった、典雅さと卑猥《ひわい》さの入り混じった笑みだ。

『ほら、一人でする時、マニキュアを塗ってやると女に抜いてもらってるみたいで興奮するって言うだろ?』

『だ、だからって、どうして俺に』

『…だって聡介、好きでしょう？　俺の手』

どくんと跳ね上がった心臓が、妖しい光を帯びた菖蒲の切れ長の双眸に絡め取られた。

わなわなと震える聡介に、菖蒲はすっと身体を寄せてくる。二人ともコロンの類はつけていないはずなのに、黒髪が揺れるたび、ほのかな花の香りがした。男子高校生の住まいとは思えないくらい片付いた部屋には、いつも違う花が活《い》けてあるが、その香りだろうか。それにしてはやけに濃厚で、蕩《とろ》けそうに甘いけれど…。

『もしかして、気付かれてないって思ってた？　聡介が俺の手を、いつも物欲しそうに見詰めてたこと』

『あ、…菖蒲…』

『…ふふっ、そんなにうろたえなくたっていいじゃない。あれだけ熱心に見詰められて、気が付かない方が馬鹿だと思うよ』

――気付かれていた！

かあああ…と首筋まで真っ赤に染まっていく聡介の頰《ほお》を、紅い指先がなぞった。たったそれだけのことで、下着の中のものは甘い疼《うず》きを訴え始める。…テレビはまだ、電源すら入っていないのに。

『…菖蒲、俺は…』

そうだ。確かに聡介の視線は、初めて出逢った時から菖蒲の手に…しなやかな指と、その先端を彩る桜色の爪に吸い寄せられていた。どうしてこんなにも惹かれるのか、自分でも理解不能だ。

たった一つわかるのは、男の自分が同じ男の菖蒲の手をそういう目で見るなんて、気持ち悪いと罵倒されても仕方が無いということだけ。

『勘違いしないで、聡介。…俺は、嬉しいんだよ？』

『……な、に？』

『お堅くて朴念仁の聡介がそんな目で見るのは、俺だけだろうから……』

器用に取り出した聡介の性器を弄び、怒張の硬さを愉《たの》しむように揉み込んだり、上下に扱く菖蒲の紅い指先は、まさしく花だった。二人きりの時にだけ密やかにほころぶ、肉の花弁を持つ淫花。

……駄目だ。こんなのは、おかしい。

やめなければ。逃げなければと理性が警告してくるのに、男の劣情と興奮を糧に咲き誇るそれが放つ腐臭にも似た甘い匂いに、聡介は囚《とら》われた。いつしか菖蒲はマンションで二人きりの際は様々な色彩のネイルカラーを施すのが日常になり、その艶めかしい指先で聡介の理性を引っ掻《か》き、粉々に粉砕していく。

……互いのものを抜き合うなんて、男子校では珍しくもない。男同士で恋愛関係に陥る生徒だって居るくらいだ。だから、何もおかしくはない。菖蒲とはただ、欲望を発散し合っているだけだ。

懸命に己に言い聞かせながら甘い匂いに抗っていた、高校三年生の夏休みが終わった後。しつこく居座る真夏の温《ぬる》い空気を吹き飛ばすかのように、思いがけない事件が起きた。生徒会副会長であり、聡介の特に仲の良い友人の一人でもある大貫《おおぬき》が、菖蒲に顔面を殴られたのだ。

父親が開業医の大貫は医学部への進学を希望しており、成績優秀だが運動神経には恵まれず、体格もひょろりとして頼りない。それが剣道部の副主将にまで上り詰めていた菖蒲に力加減無く殴打されたのだ。大貫の歯は何本か折れ、頬は瞼《まぶた》を開けていられないほど腫れ上がり、まともに言葉も発せない有様だった。

医師の診察の結果、幸いにも骨に異常は無かった。折れた歯は差し歯にするしかないが、腫れさえ引けば痕も残らず完治するだろうということだ。

勿論、それでめでたしめでたしと落着するわけがない。

大貫の両親はすぐさま学校に駆け付け、厳重に抗議すると共に、事の経緯の説明を求めた。生徒会室で起きた事件ということで、聡介も教師から事情を尋ねられたが、答えようが無い。菖蒲が大貫を殴ったのは、聡介がトイレに立ったほんの数分の間の出来事であり、他の役員たちも不在だった。事件の瞬間を、誰も目撃していないのだ。

事件以来、菖蒲は欠席が続いている。自宅マンションにこもったまま、外出すらしていないようだ。担任教師と学年主任が何度か訪問したものの、コンシェルジュにエントランスで追い返され、菖蒲とは会話すら叶《かな》わなかった。当然、電話にも出ない。

ただ普通に話していただけなのにいきなり殴られた、というのが被害者たる大貫の主張だ。生真面目で曲がったことの大嫌いな大貫が、嘘《うそ》を吐《つ》いているとは思えない。

だが聡介は、あの菖蒲が何の理由も無く暴力を振るったなど、とうてい信じられなかった。何か事情があったはずなのだ。大人たちには明かせない事情が。

——自分になら、打ち明けてくれるのではないか？

期待を胸に秘め、聡介は通い慣れた菖蒲のマンションを訪れた。事情さえ判明すれば、弁護士の父に頼み、大貫の両親との間に入ってもらってもいい。菖蒲を気に入っている父は、菖蒲の力になると約束してくれている。

教師たちを取りつく島も無く追い返したコンシェルジュは、聡介を笑顔で通してくれた。菖蒲に会うことも出来た。だが、高まった期待は、すぐさま打ち砕かれてしまう。

『どうして大貫を殴ったのかって？　…殴りたかったからだよ』

聡介がどれだけ言葉を尽くし、事件の真相を聞き出そうとしても、菖蒲はのらりくらりと言い逃れるばかりで、まるで話にならなかったのだ。

『…だから、その殴りたくなった理由を聞いているんだ。大貫はお前がいきなり殴ってきたと言っているが、そうじゃないんだろう？　何か事情があるはずだ』

何度目だったか。苛立《いらだ》ちを抑え、粘り強く問いを重ねる聡介に、菖蒲が普段と異なる皮肉っぽい笑みを浮かべてみせたのは。

『――どうして、そこまで聞きたがるの？　自分が殴られたわけでもないのに』

『どうしてって…友達なんだから当たり前だろ。大貫のご両親は毎日のように学校に来て、お前を処分しろ、さもなくば訴えるって騒いでる。このままだんまりを決め込んでたら、お前、本当に退学させられるぞ』

『……』

『信じてくれ。…俺は、お前が居なくなるなんて嫌だ。お前を、助けたいんだよ…！』

心からの叫びに、凪《な》いだ湖面のように静かだった菖蒲の黒い瞳が揺らぎ、聡介の心に再び希望の光が灯《とも》された。

やはり菖蒲は、聡介の友人なのだ。腹を割って話せば、きっとわかり合える。聡介が取り持てば、大貫とも和解させられるに違いない。今は暴力を受けた衝撃で混乱しているが、大貫もまた、何の得にもならないのに聡介に付き合って生徒会役員に立候補してくれた、友達思いのいい奴なのだ。

『——友達、ね』

しかし、地の底を這うような呟《つぶや》きの後、聡介に与えられたのは感謝の言葉でも、真実の吐露でもなかった。ぐい、と胸倉を摑《つか》み上げられ、抵抗する間も無く、唇を塞がれていた。…菖蒲の、肉厚なそれによって。

『…っ…、う、…ん…ぅ…っ』

突き飛ばそうと思えばじゅうぶん可能だったのに、薄い隙間からぬるついた舌に侵入され、己の舌を絡め取られても、聡介は微動だに出来なかった。ただ馬鹿みたいに突っ立って、されるがままになっていた。

初めて味わわされる他人の舌が、送り込まれる唾液が、あまりに甘美だったから。…眦《まなじり》を吊り上げ、射竦《いすく》めてくる菖蒲の黒い双眸が、ごうごうと燃え盛っていたから。

……怒らせた？　どうして？　俺はただ、お前を…友達を助けたかっただけなのに……！

友人と信じていたのは自分だけだったのか。わざわざ部屋まで押しかけられ、余計なお世話だと思われていたのか。失望と怒り、悲しみが、聡介の頭に渦巻いては消えていく。

だが、それは見当違いだった。

『……まだ気付かない？　それとも、気が付かないふりをしているの？　…俺はね、聡介が好きなんだよ。友達なんかじゃない。こういう意味で、ね。だから、聡介にちょろちょろと纏わり付いて離れない大貫が鬱陶しくなって殴ったんだ』

ようやく解放され、蹂躙《じゅうりん》され尽くして己の体重すら支えられなくなった聡介を難無く抱きかかえ、菖蒲は耳元で囁《ささや》いた。背中に回された腕の力強さ、ぴたりと重ねられた胸板の逞しさ――その時聡介は、当たり前のことに気付いたのだ。

菖蒲も男なのだと。互いの性器まで晒《さら》し合っておきながら、今更。

『…どう…、して、そんな嘘を…』

怒りと、それを凌駕《りょうが》する悲しみが喉奥からせり上がってきて、聡介は嗚咽《おえつ》を噛《か》み殺した。

自分たちは友人で、しかも男同士ではないか。恋愛感情など生まれるわけがないし、今まで菖蒲からそんな気配を感じ取ったことも無かった。男子校ゆえ、水際立った美少年の菖蒲には言い寄る生徒が引きも切らなかったが、全員がけんもほろろに拒まれている。

つまり菖蒲は、聡介の追及をかわすために、こんな酷《ひど》い嘘を吐いたのだ。本当に恋に落ちているような、切なそうな表情まで浮かべて…そうまでして、聡介には真実を明かしたくないのだ。何でも話せる友人だと思っていたのは、聡介だけだった。

――裏切られた！

衝撃に張り裂けそうな胸を押さえ、部屋を飛び出した聡介を、菖蒲は追いかけてこなかった。それが聡介の予想の正しさを証明しているようで、悲嘆に拍車をかけた。

……あんな奴、もう知るものか。

あれほど頼んでも話してくれなかったのだから、大貫の言う通り、菖蒲は何の理由も無く暴力に及んだのだ。あいつはそんな奴じゃない、と叫ぶ理性の声に、聡介は耳を塞いだ。後日、教師に再び呼び出されても、友人たちにどうなったんだと尋ねられても、知らぬ存ぜぬを貫いた。頭の中から、徹底的に菖蒲を締め出した。

…そうでもしなければ、おかしくなってしまいそうだった。友人として共に過ごしてきた楽しい日々の思い出や、聡介のものに絡み付く花のような紅い爪、胸倉を掴まれた時のすさんだ笑み、生まれて初めて味わった激しい口付けのめくるめく快感が、ぐるぐると頭の中を駆け巡って。

……お前は結局、俺を友達だと思ってはくれなかったのか？

悶々《もんもん》とする聡介の疑問に、菖蒲が答えてくれることは無かった。聡介がマンションから逃げ帰った翌日、寝不足で腫れぼったい瞼を擦《こす》りながら登校すると、教師から菖蒲の退学が発表されたからだ。

携帯電話は繋《つな》がらなくなっており、放課後、恐る恐る訪ねてみたマンションでは、コンシェルジュから菖蒲は転居したと告げられた。個人情報だからと、新たな転居先は教えてもらえず、菖蒲はあまりに呆気無く聡介の前から姿を消したのだ。

学校で大貫の両親を見かけることも無くなった。その後、菖蒲を訴えたという話も聞かない。保護者同士で話し合い、菖蒲の保護者が相当額の慰謝料を支払うことで矛《ほこ》を収めさせたのだろう、と聡介の父は推測した。

あれほど怒り狂っていた大貫の両親を黙らせるだけの金額をぽんと出してやるくらいなら、菖蒲の両親はどうして高校生になったばかりの息子を遠い東京へ追いやったのか。あのマンションから引っ越して、菖蒲はどこへ行ったのか。両親の元へ戻ったのだろうか。

疑問は尽きないが、答えを得られるはずもなく、ただ時間だけが無為に過ぎていった。


心も身体も若かった十代の頃、どうにかしてもう一度逢いたいと望み、叶わなかった。その相手が勝手知ったる応接室のソファに座り、テーブルの向こうで物珍しそうに周囲を見回している。

「本当にごめんね。昼時は避けたつもりだったんだけど、聡介、ずっと事務所に詰めてて、これからお昼に出るところだったんだって？」

「…いや、事務員さんから弁当を恵んでもらったから大丈夫なんだが…その話、吉川さんたちに聞いたのか？」

「うん。俺が聡介の元同級生だって言ったら、親切に色々と教えてくれたよ。聡介は今でも周りの皆から慕われてるんだね」

……それは、俺が慕われてるからじゃなく、お前の気を引きたいからだろうが。

心の中で突っ込みながら、聡介はあからさまにならないよう、さりげなく菖蒲を観察する。

高校生の頃にほぼ同じだった身長は、僅かに追い抜かれていた。聡介に勝るということはかなりの長身だが、生来の高雅な美貌は十年の年月によって熟れ、艶冶《えんや》な色香すら漂わせており、圧迫感はまるで感じさせない。初対面の子どもにはたいてい怯《おび》えられる聡介とは、えらい違いだ。

だが、どれほど遠慮を知らない人間でも、菖蒲に気安く近付ける者は居ないだろう。十年前、がさつな男子高校生たちすら遠巻きにさせた気品は今やあたりを払うばかりで、ツイード柄のスウェットジャージーのスリーピースという比較的砕けた服装でも隠しきれていない。

シルバーのリングで留められたネクタイ代わりのスカーフからちらりと覗く喉元、きちんと膝で揃えられた手、優美な曲線を描く頬――僅かに露出した肌は記憶の中にあるよりも白く、男のものであるにもかかわらずいっそうなまめいて、対峙《たいじ》する者の心をひどく落ち着かなくさせた。見てはいけないものを見てしまったような、断崖絶壁から足を踏み外してしまったような。

弁護士として数多のクライアントと接し、それなりに観察眼を鍛えられた聡介でも、今の菖蒲がどんな職に就いているのかまるで想像がつかない。しがないサラリーマンではないだろうということと、ずいぶんと金回りが良さそうだということだけは断言出来るが。

――十年前、どうしてあんな嘘を吐いたんだ？

――俺の前から消えて、どこへ行ったんだ？

――あれからどんなふうに過ごして…そして今、何故、何の前触れも無く俺の前に現れた？

「……今日は、どうされましたか」

菖蒲にぶつけたい疑問は山ほどあったが、まずいつもの決まり文句が口をついて出たのは、クライアントを前にした弁護士の条件反射のようなものだ。

菖蒲は一瞬呆気に取られ、くすりと笑った。

「すごいね、聡介。本物の弁護士みたいだよ」

「みたい、じゃなくて本物なんだが」

聡介は口元を歪《ゆが》め、スーツの上着の襟をちょいとつまんでみせた。そこには弁護士の証《あかし》、向日葵《ひまわり》の花の中心に秤《はかり》をデザインしたバッジがつけられている。ドラマや漫画などでも多く登場するため、知名度はかなり高いはずだ。

「前にドラマで見たけど、弁護士バッジって金色なんじゃなかったっけ？」

まじまじとバッジを見詰め、菖蒲が首を傾げた。聡介のバッジは中心のくぼみに金色が残るのみで、秤や向日葵の部分は銀色に変色している。

「バッジは純銀に金メッキを塗装してあるんだ。使い込むほどメッキが剝がれて、下の銀が剝《む》き出しになっていく。だから金色なのは新米弁護士か、バッジを紛失して再交付してもらった奴だな。親父《おやじ》のバッジは、もうすっかりいぶし銀になってる」

「…聡介は、弁護士になって長いの？」

「それほど長いというわけでは……大学卒業と同時だから、今年で五年目だな」

……どうして俺は、こんなどうでもいい会話をしているんだろうか。菖蒲に伝えなければならないことは、幾つもあるのに。

僅かな焦燥を感じながら答えれば、菖蒲は切れ長の双眸を微かに見開いた。

「え、じゃあ在学中に司法試験に合格したってこと？」

「ああ。予備試験に合格すれば、大学在学中でも本試験を受験出来るからな」

司法試験の受験資格を得る手段は二つある。

一つは大学卒業後、法科大学院に入学し、全課程を修了すること。これは比較的易しいが、二年から三年は通学しなければならず、長い時間と高額な費用がかかる。

もう一つの予備試験は年齢や学歴を問わず誰でも受験出来る上、期間は五か月程度だ。しかしその試験内容は短答式試験、論文式試験、最後は口述試験と難解を極めるため合格率は五パーセントを切り、非常に狭き門とされる。由佳や理恵が働きながら法科大学院に通学しているのは、予備試験に合格する自信が無いからだ。

『先生はやっぱり天才だから、私たちとは頭の出来が違うんですよ』

由佳たちにはよくそう愚痴られるが、聡介は大学の講義や部活動以外の時間はほぼ勉強に充て、寝る間も惜しんで励み、ようやく合格したのだ。あれだけ勉強に時間と集中力を費やせば、誰でも合格出来ると思う。

もし聡介が本当に天才だったら、そこまでせずとも悠々と合格を摑めたはずだ。そう、学費を稼ぐためのアルバイトをこなしながら、聡介の半分以下の学習時間で予備試験を通過してみせた、あの美しい後輩のように…。

「…そうか…。聡介は、夢を叶えたんだね」

しみじみと呟き、口元を綻ばせた菖蒲に後輩の面影が重なり、聡介の胸は疼いた。

後輩が雪山の奥深くにひっそりと咲く椿の花なら、菖蒲はその名の通り高貴な紫を纏い、凜《りん》と気高く背を伸ばして咲く菖蒲の花だ。いずれも男でありながら甲乙付け難いほど美しいが、その趣は異なり、似ている部分など微塵《みじん》も無いはずなのに、こうして再会を果たせば不思議なくらい印象が被《かぶ》る。

どうしてだろうと首を捻《ひね》り、聡介はすぐに気付いた。

――目だ。

「高校生の頃から、お祖父《じい》さんやお父さんみたいな弁護士になりたい、って言ってたものね。聡介のことだからきっと、苦しむ人々を一日も早く助けたいからって、言葉にならないくらい努力をしたんでしょう?」

ひたと聡介に据えられる、濡れたような黒い瞳。その奥にかげろい、心の奥底まで映し出されてしまいそうな妖しい光が、菖蒲と後輩はそっくりなのだ。一度囚われたが最後、抜け出せなくなり、しかもそれが奇妙に心地良いところまでもが。

「聡介はずっと頑張《がんば》っていたんだね。俺なんかには言われたくないかもしれないけど…尊敬するよ。心から」

「……菖蒲……」

そんなふうに十年前と変わらない笑みを浮かべ、ねぎらってくれるくらいなら、どうしてあの時、酷い嘘を吐いてまで聡介を追い払ったのか。何も弁解せずに消えてしまったのか。感情のままに責めてしまった後悔と自己嫌悪が波のように寄せては引いていく。

聡介ももはや、青臭かった男子高校生ではない。嘘を吐くのは必ずしも悪人ばかりではなく、一方的な正義などありえないのだと嚙み分けられるようになった。

…いつか、時間が許せば菖蒲を捜し出し、十年前の話の続きをしたいと願っていた。けれど不意打ちのように再会を果たしてしまうと、どこからどう話せばいいのかわからない。

──すまない。俺が悪かった。俺のせいでお前は──。

「…どうして、俺がここに居るとわかったんだ？」

言うべき言葉を紡ぐきっかけを見付けられず、口から出たのはそんな当たり障りの無い問いかけだった。ぎこちなく顔を逸《そ》らした聡介を訝《いぶか》しむでもなく、菖蒲は答える。

「この間、仕事の打ち合わせで土倉《つちくら》に会って、聡介が弁護士になったって聞いたんだよ。だったらきっとお父さんの事務所に入ったんだろうと思って、今日来てみたら運良く聡介を捕まえられたってわけ」

「土倉？」

土倉は高校時代のクラスメイトで、今も時折連絡を取り合う仲だ。聡介と同じT大の法学部に入学しながら、卒業後は大手の化粧品会社に就職した変わり者である。その土倉と打ち合わせで遭遇したというなら、菖蒲もまた美容関係の仕事に携わっているのだろうか。

言われてみれば、白く長い指先を彩る菖蒲の爪はマニキュアの類こそ塗られていないものの、よく手入れされ、十年前にも増して艶めいている。まるで、何かを誘うかのように。

「ああ…、言い忘れててごめん。俺、今こういう仕事をしてるんだ」

綺麗に磨かれた桜色の爪を花びらのように揺らめかせ、菖蒲は胸元のポケットからシルバーのカードケースを取り出すと、抜き取った名刺を聡介に差し出した。そこに記された菖蒲の肩書は、『株式会社イーリス　代表取締役社長』である。

初めて聞く名前だったが、続いて菖蒲が持参していた株式会社イーリスの登記事項証明書も手渡され、聡介は目を瞠った。

会社法の規定により、法人は取引上重要な事項を法務局の登記簿に登録することが義務付けられており、手数料さえ支払えば誰でも閲覧可能だ。登記事項証明書はその記録を印刷したもので、資本金や株式、役員、支店の数など、かなりの事業内容が正確に把握出来る。

登記事項証明書によれば、株式会社イーリスの資本金は一億五千万円。主な事業の目的は美容サロンのチェーン運営、美容化粧品の製造販売、ネイルスクール運営と幅広い。菖蒲曰《いわ》く、ネイルケアをメインにしたサロンだけでも国内で八十店舗はあるという。

これだけでも驚愕《きょうがく》に値するが、特筆すべきは設立年月日だ。聡介が事務所に就職したのと同じ年だから、五年前である。つまり菖蒲はほんの五年の間に、八十もの店舗を抱える一大美容サロンチェーンを築き上げたのだ。土倉が同級生の誼《よしみ》を活用したがるわけである。

「…俺なんかより、お前の方がよほどすごいじゃないか」

都内で弁護士をやっていても、これほどの成功者にはなかなかお目にかかれない。

思わず唸《うな》った聡介の前で、菖蒲は絹糸よりも艶やかな黒髪を揺らしながら苦笑した。

「すごくなんかないよ。俺は聡介みたいに崇高な目標があったわけじゃなくて、趣味と実益を両立させていたら、いつの間にかこんなに大きくなっていただけだから」

「趣味と実益？」

どういうことだと眉根を寄せた時、背後でノックの音が響いた。ドアを開けて入ってきたのは、テイーカップの乗ったトレイを捧げ持った理恵だ。さっきよりもメイクが華やかになっており、獲物を発見した獣の如くきらきらと輝く大きな瞳は、菖蒲だけを捉えている。

「失礼します。お茶をお持ちしました」

あからさまな態度に呆《あき》れる聡介に一礼すると、理恵は浮き浮きとした足取りで菖蒲に歩み寄った。

菖蒲が微笑みかけてくれたので、手元がおろそかになってしまったのだろう。傾いたトレイの上でティーカップがつつっと滑り、宙に投げ出される。

その下にあるのは、白い花のような菖蒲の両の手だ。かつて何度も聡介の性器に絡み付き、腰が抜けるまで精液を絞り取った——。

「……菖蒲っ！」

淹れたての紅茶を被り、無惨な火傷《やけど》を負った手が閃いた時には、聡介はソファを蹴飛ばす勢いで立ち上がっていた。二人の間にあったローテーブルを長い脚で素早く跨《また》ぎ、呆然とする菖蒲の両手を己のそれで覆う。

「…つ…っ…！」

熱い飛沫《しぶき》に肌を焼かれ、とどめのようにカップが手の甲に落下してきても、聡介は手を引っ込めなかった。無骨な自分の手などどうなっても構わない。だが、菖蒲の白い手や珊瑚《さんご》のような爪が少しでも損なわれたら、聡介はきっと自分を許せない。

「わ、若先生っ…」

「…給湯室はどこですか？」

真っ青になって駆け寄ろうとする理恵に、菖蒲が問い質《ただ》した。ひっ、と理恵は小さな悲鳴を漏らした後、震える指先で自分の入って来たドアを示す。

「そ、そこを出た廊下の、右手の先に…」

「わかりました。片付けは任せます。行くで、聡介」

言うが早いか、菖蒲は立ち上がり、聡介の腰に腕を回してさっさと歩き出す。

「…あ、ああ…」

毒蛇にでも遭遇したかのような理恵の怯えぶりを訝しみつつも、おとなしく従ってしまったのは、菖蒲の言葉が関西のイントネーションで発されたからだ。関西弁といっても様々だが、柔らかく雅《みやび》やかで、それでいて有無を言わせぬ雰囲気を孕《はら》む響きは京都《きょうと》だろうか。

菖蒲が関西出身であることは、高校時代に聞いていた。しかし、あちらの言葉で喋っているところを耳にしたのは、思い起こしてみればこれが初めてなのだ。生まれ育った土地の言葉はなかなか抜けにくいものなのに、高校時代の菖蒲は不自然なくらい標準語を使いこなしていた。

それが今、ここで口をついたのは……聡介が自分を庇《かば》って傷付いたことに、我を忘れるほど動揺したせいなのか？

「……っ…」

胸の奥から甘酸っぱい何かがせり上がってきて、聡介は小さく呻《うめ》いた。耳聡《みみざと》く聞きつけた菖蒲は痛みゆえと思ったのか、形の良い眉をきゅっと寄せ、歩みを早める。

給湯室に駆け込むや、菖蒲は流しの水道の蛇口を捻り、聡介の両手の甲に勢い良く水を浴びせかけた。じんじんと疼き始めていた肌に、冷たい流水は針を突き刺されるようにしみる。

「しみるやろけど、我慢して。ここでちゃんと冷やしとかんと、痕残るし」

反射的に後ずさりそうになった聡介の腰を、菖蒲がぐっと引き寄せた。そのまま腕の中に囲い込まれ、背後から覆い被さられる格好になる。

薄い布地越しに密着した肌からほのかに香る匂いは、覚えているよりいっそうなまめかしく、ゆかしくて、忘れられなかった思い出を記憶の奥底から否応《いやおう》無しに引きずり出した。それは容易には消せない官能の火種となり、蠱惑《こわく》的な香りをくゆらせる。

「…く、…アッ……」

びくん、と性器が下着の中で脈打つのを感じ、聡介は腰を震わせた。自分の身体の反応が信じられない。菖蒲は手当てをしてくれているだけなのに、ただ匂いを嗅ぐだけで勃起しかけるなんて——十代の小僧でもあるまいに——。

『…聡介の匂いって、妙にエロいよね』

出し抜けに、菖蒲との秘め事の記憶が脳裏に浮かび上がる。

互いに慰めながら、菖蒲はよく聡介の匂いを嗅いでいた。自分では汗臭いだけだろうと思うのだが、菖蒲にとっては欲望を刺激される匂いらしい。項《うなじ》や耳の裏は序の口で、そのうち股間に直接顔を埋《うず》めさせて欲しいとまで言い出した時には慄《おのの》いた。

さすがに全力で拒んだが、もしも受け容れていたらどんな心地がしたのか…。

「…あ、…あ…ぁ…」

……やめろ、思い出すな！

ともすれば揺れてしまいそうになる腰を、漏れ出る喘ぎを懸命に押しとどめながら、聡介は淫靡な記憶を頭の中から追い払う。だが、現実の菖蒲という存在は無視など出来ない。

「…もう少しの辛抱だから」

流水に晒され、ほとんど感覚の無くなってきた聡介の手首を、背後から回された菖蒲の手がそっと握り込んで固定した。菖蒲にしてみれば、ただの親切心からの行動だろう。だが聡介には、最悪の結果をもたらした。

「う…、…っ…」

緩やかに勃ち上がりつつあった性器が、下着の中でとろりと先走りを零す。

恐る恐る目線を下げれば、ズボンの股間が僅かに盛り上がっていた。聡介の頰に、さっと朱が注がれる。背後の菖蒲には見えていないのが唯一の救いだが、このまま達してしまえば、ズボンに恥ずかしい染みを作ってしまう。真昼間の営業中のオフィスで……菖蒲の目の前で。

「若先生、火傷なさったって本当ですか!?　…あら、こちらの御方は…？」

その時、ばたばたと給湯室に飛び込んで来た節子は、まさに救いの女神であった。菖蒲が節子に気を取られた隙に、聡介はその腕を振り払い、給湯室のすぐ近くにある来客用のトイレに駆け込む。

鍵をかけた個室にこもり、ズボンごと下着を下げると、怒張した性器がぶるんとまろび出た。洋式便座に座って乱暴に扱き立てる。慰める己の手は菖蒲ほど白くもなめらかでもないのに、少し刺激してやっただけで容易《たやす》く天を仰ぎ、大量の先走りを漏らす。

「…なんだ、よ…」

必死に噛み殺す歎めいた呼吸に、疑問とも、自嘲とも取れない呟きが交じった。

仮にも客としてやって来た菖蒲を置いてけぼりにして、オフィスのトイレで自慰に勤しんでいる。

その背徳感が、突き上げてくる快感に拍車をかける。

こんなこと、今まで一度も無かった。お前は生真面目で融通が利かなすぎる、もっと柔軟になれ、と父からはしょっちゅう苦言を呈されていたのに。

「…なんで…、…十年も経《た》って、今更…っ…」

極める瞬間、脳裏に閃いたのは、現在の菖蒲の臈《ろう》たけた微笑みと、十年前より更に白く美しくなった指先だった。


幸い、誰かが途中で入って来るようなことも無く、聡介は後始末を終えてトイレを出た。

「それにしても黒塚くん、本当に大きくなったのねえ。あんまり立派になったから、最初、誰だかわからなかったわあ」

「そうですか？　自分ではそんなに変わったとは思わないんですが。節子さんも十年前と変わらずお綺麗ですよ」

「まあ、若いのに上手なんだから！　おばさん誉めたって何も出ないわよ」

自己嫌悪に浸りながら戻った給湯室では、節子と菖蒲がすっかり打ち解けた様子で話し込んでいた。

目を白黒させた聡介だが、高校生の頃、何度か菖蒲を事務所に連れて来たことがあったと思い出す。礼儀正しい美少年は、当時から節子のお気に入りだったのだ。

「あ、若先生！　大丈夫なんですか？」

呆然と立ち尽くす聡介に気付いた節子が、心配そうに問いかけてくる。こちらをじっと見詰める黒い瞳から顔を逸らし、聡介はぎくしゃくと頷いた。

「…大丈夫だ。気分が悪くなったからトイレに駆け込んだが、吐いたりはしなかった」

「でも、顔がなんだか赤いし…熱でもあるんじゃないですか？」

親身になっていたわってくれる節子に、それはさっきまで自慰をしていたせいだ、などと言えるわけがない。菖蒲には、尚更《なおさら》。

「熱は無い、平気だ。…それより、菖蒲」

聡介は胸に渦巻く感情を弁護士の仮面の下に隠し、菖蒲に軽く頭を下げた。

「せっかく相談に来てくれたのに、いきなりこんなことになってしまってすまなかった」

「聡介が謝るようなことじゃないよ。アポも取らずに押しかけたのは俺の方なんだし。…良ければ、また日を改めて相談させてもらいたいと思うんだけど、いいかな」

「…ああ、勿論だ」

聡介は即座に了承した。一度出したばかりだというのに、菖蒲に見詰められるだけで身体が疼いてしまう有様の聡介には、願ってもない申し出である。

今日のところは引き取ってもらい、乱れた心と身体が落ち着くまで、少し時間を置きたかった。そうすれば、次に会う時にはいつもの冷静沈着な弁護士として応対出来るはずだ。

そんなふうに考えて安堵《あんど》していたら、菖蒲がやたらにこやかに、わけのわからないことを言い出した。

「じゃあ節子さん、そういうことですから、聡介は俺が病院に連れて行きます。診察が終わったら、きっちり休ませますので」

「はっ…？　おい菖蒲、何を言って…」

「ええ、黒塚くん。お願いします。若先生はちょっと目を離すとすぐに無理をなさるから、気を付けてね」

しかし混乱しているのは聡介だけで、節子は菖蒲に負けないほど明るい笑顔で頷いている。どうやら、聡介が席を外している間に、二人で話が出来上がっていたようだ。

「さ、聡介。行こうか」

嫌な予感に襲われ、無意識に後ずさる聡介の腕を、逃がすものかと菖蒲が摑んだ。

「い、行くって、どこへ」

「言っただろう？　病院へだよ。その手、応急処置だけじゃ不安だからね。診察の後は直帰していいって、お許しはもらってあるし」

「誰がそんなことを…」

「私ですよ。若先生、ここのところ土日も休まずお仕事なさってたじゃないですか。ちょうど今日は金曜日ですし、大先生には私から伝えておきますから、週明けまできっちりお休みになって下さい」

でないと本当に身体を壊しますよ、と口を尖《とが》らせる節子は、聞き分けの無い孫を諭すような口調である。大先生とは聡介の父、賢一のことだ。少しは休めと、父からも再三注意されている。べつだん急ぎの案件も無い。このタイミングで聡介が抜けても、咎められはしないだろうが…。

「いや、でも俺は、一時までに準備書面を送らないと…」

こんな状態で菖蒲と二人きりにされたら、平常心を保てる自信が無い。どうにか菖蒲だけを帰せないかと足掻《あが》く聡介にとどめを刺したのは、笑みを含んだ涼やかな声だった。

「それくらいなら、僕が代わりに送っておきますよ」

「まあ、椿先生。お帰りなさい！」

脱いだコート片手に給湯室に入って来た青年を、節子は輝くような笑顔で出迎えた。

雪の降り積もった深山の奥にひっそりと咲く椿の花のような、一度見たら忘れられない美貌。ぴんと張った冬の大気にも似た、静謐《せいひつ》な佇まい。

神経を使う口頭弁論を済ませたばかりにもかかわらず、椿雪也は相変わらず一部の隙も無い。束《つか》の間《ま》、聡介が菖蒲の存在を忘れ、見入ってしまうほどに。

「佐々木さん、ただいま戻りました。…準備書面って、赤羽の土地の境界確認の件ですよね？」

自他共に認める面食いの節子をそつの無い笑みで悩殺し、雪也は聡介に問いかけてきた。黒目がちの瞳が一瞬、菖蒲に摑まれた聡介の腕を捉えた気がして、聡介は騒ぐ胸をなだめながら頷く。

「そうだが、お前に代わってもらうわけには…」

「先輩のことだから、もうほぼ先方に送るばっかりになっているんでしょう？　たいした手間にもなりませんから、構いませんよ」

「……先輩？」

菖蒲が優雅な仕草で首を傾げると、聡介の腕を掴む手の力がきゅっと強くなった。微かな痛みを覚え、眉を寄せる聡介を一瞥し、雪也は何事も無かったかのように営業用の笑みを浮かべる。

「これは、お客様の前で失礼しました。私は弁護士の椿雪也と申します。この宇都木は、大学時代の先輩でして」

「椿雪也さん……ああ、もしかしてあの『正義の弁護士』の？」

「お恥ずかしいですが、そう呼んで頂くこともありますね」

雪也は宇都木総合法律事務所に就職して間も無い頃、痴漢の容疑者の弁護を担当したことがある。痴漢の有罪率は九十九パーセントと言われる中、無実を訴える容疑者を最後まで信じて粘り強く弁護し、見事無罪を勝ち取った結果、メディアで『正義の弁護士』と騒がれるようになったのだ。本人が進んでメディアに露出しなかったので、今はだいぶ沈静化したのだが。

……あの頃は、雪也となら同じ目標に向かって歩いていけると、信じていたのに。

「黒塚様は宇都木の高校時代の同級生でいらしたのですか。その若さでこれだけの会社のオーナーになられたとは、さすがですね」

「様、はやめて下さい。こちらは昔の誼を頼って図々しく押しかけた身ですし、聡介の後輩なら、私にとっても後輩のようなものですから」

苦い後悔に苛《さいな》まれる聡介をよそに、雪也と菖蒲は歓談中だ。菖蒲の花と椿の花、趣の異なる花が咲き競う光景に節子はうっとりと見惚れているが、聡介は寒気しか覚えない。未だ聡介の腕を掴んだままの菖蒲の手が、ぎりぎりと食い込んでくるのがわかるから。

「…ちょっと、菖蒲…」

「あ…、ごめん、聡介。待たせちゃって」

痛みに耐え兼ねて呼びかけると、菖蒲はようやく会話を打ち切り、雪也に軽く頭を下げた。

「では、聡介は責任持ってお世話しますので、後はよろしくお願いします」

「はい、お任せ下さい。先輩、事務所のことは気にせずゆっくり休んで下さいね。また週明けに」

万事気の回る雪也がオフィスから聡介の荷物やコートを持って来てくれていたおかげで、聡介はあれよあれよという間に送り出されてしまった。暦の上ではとうに春のはずなのに、ビルの谷間を吹き抜ける風は真冬並みに冷たい。

思わずぶるりと震えた聡介の肩に、菖蒲が雪也から預かったコートを羽織らせ、ついでに自分のマフラーまで巻いてくれる。

「ごめんね。すぐに迎えを呼ぶから」

菖蒲が携帯電話で短くメッセージを入れると、一分も待たずにシルバーのレクサスが現れ、聡介たちの前に停車した。降りてきた運転手は恭しく一礼し、後部座席のドアを開けてくれる。

「どうぞお乗り下さい」

聡介は躊躇ったものの、菖蒲は反対側の座席に自分でさっさと乗り込んでいるし、背後には品の良い笑みを浮かべた運転手が佇んでいる。まるで退路を断たれたようなのが気になったが、怖気《おじけ》づいていると思われるのも嫌で、結局は運転手に従った。

「…どこに行くつもりなんだ？」

滑らかに走り出した車の中、車窓に目線を泳がせながら問うと、くすりと笑う気配がした。

「まずは病院へ。聡介の手を診てもらわないとね」

「この程度で病院なんて、大げさじゃないか？」

ぶちまけられた紅茶は熱かったが、すぐに冷やしたおかげでひりひりする痛みは消え、肌が僅かに赤くなっているくらいだ。放っておいても数日で治るだろうに。

「駄目だよ」

「…っ…!?」

蜜よりも甘い声に耳朶《じだ》をくすぐられ、ばっと振り向くと、いつの間にかにじり寄っていた菖蒲の佳《か》麗《れい》な面輪《おもわ》が間近にあった。吸い込まれそうな黒い瞳に、みっともないほど狼狽《ろうばい》した聡介の顔が映っている。

……ああ、やっぱりこいつは雪也に似ている。

いや、似ているのは雪也の方なのか。雪也と出逢ったのは、菖蒲が消えた後だ。だから聡介は初めて大学で雪也を見かけた時、声をかけずにはいられなかった。

「聡介の手に、俺以外が付けた痕が残るなんて許せないもの」

「あ、…菖蒲…」

「…ねえ、聡介。どうしてあの時、俺を庇ってくれたの？」

黒蜜を煮詰めたような瞳が、妖しく瞬いた。その粘ついた輝きは聡介の心に容易く染み込み、べったりと黒い痕を残しながらしたたり落ちる。

「…それ、は…」

粗忽《そこつ》なパラリーガルのせいで、クライアントに怪我《けが》をさせるわけにはいかなかったから。とっさに反応してしまったから。いくらでも嘘の理由はでっち上げられるのに、黒い瞳に促されて開いた唇は、本心しか吐けなくなっていた。

「菖蒲の手を…、傷付けたくなかったから……」

「…俺は聡介にとって、許せない裏切り者なのに？」

「……違う！」

露悪的な言葉を、聡介は言下に否定した。せずにはいられなかった。何故なら――。

「…十年前、悪かったのは俺の…俺たちの方だ。そうだろう？」

「聡介…？　…もしかして…」

切れ長の双眸が驚きに見開かれた時、微かな振動と共に、レクサスが病院らしい白い建物の前で止まった。菖蒲は無言のままの運転手を見遣《みや》り、おもむろに聡介から離れる。

ひとまずは逃れられた、と安心するのは早かった。

「話の続きは後でじっくりと……ね？」

ささくれ一つ無い芸術品のような指先で、菖蒲は聡介の唇を優しくつついたのだから。

医師の手を煩わせるまでもない軽傷の、それも飛び込みの患者である聡介は、予想に反して下にも置かない扱いを受けた。ホテルと呼んだ方がしっくりきそうなこの病院は、美容整形が主な診療科目だそうで、菖蒲の経営するサロンと提携しているのだ。

待合室は輸入家具で揃えられた個室。診察室に入れば、呼んでもいない院長がわざわざ現れ、聡介を丁重に診察してくれた。菖蒲がいかに重要人物であるのかが窺《うかが》える。

「やっぱり、病院にかかる必要は無かったと思うんだが…」

待合室に戻った聡介の両手の甲には、炎症予防効果のある軟膏《なんこう》が塗られているだけだ。水ぶくれなどは出来ていないごく軽い症状なので、じゅうぶんだという。念のためにと薬局で出された軟膏も、数日塗るだけでいいそうだ。

ますます、仕事を他人に任せてまで診察を受けなくても良かったのではないかと思えてきたのだが、菖蒲は苦い顔で反論する。

「何言ってるの。見た目は軽い火傷でも、実は肌の奥がダメージを受けていることだってあるんだからね。その場合、放っておいたら痕が残ってしまう」

「男なんだから、多少痕が残るくらい構わんだろう」

「俺だって男だけど？」

「お前は違うだろう。確かに男だが…」

女よりも綺麗で、守ってやりたくなってしまう——ぽろりと零れそうになった本音を、聡介はどうにか寸前で呑《の》み込むことに成功した。菖蒲が傍に居ると調子が狂う。こんなにころころ心を揺さぶられては、弁護士失格ではないか。

「…まあ、いいか。そこは聞かないでおく」

なんとかごまかせたはずなのに、菖蒲は聡介の本音などお見通しとばかりに笑うと、急に神妙な顔つきになる。

「本当のところは、節子さんに頼まれたんだよ。聡介が最近ろくに休日も取らずに働き詰めだから、火傷の治療を口実に少し休ませて欲しいって」

「節子さんが？」

「うん。椿さんもその辺のことを察した上で、仕事を替わってくれたんだと思うよ。俺を案内してくれたパラリーガルの子たちも聡介をすごく誉めてたし…相変わらず、聡介は皆から愛されているんだね」

……本当に、そうなのだろうか。

他意の無い言葉が、聡介の治りきっていない古傷を疼かせる。

節子や理恵たちは確かに、聡介に好意を持ってくれているだろう。けれど雪也に関しては自信が無い。可愛い後輩だと思っていたし、それは今も変わらないが、半年前、雪也は聡介の知らない男に変わってしまった。いや、最初からそうだったのに、聡介が気付いていなかっただけかもしれない。

半年前、聡介は雪也の恋人の存在を知り、雪也には相応《ふさわ》しくないと判断した。

その恋人、春名数馬《はるなかずま》が男性だったからではない。早くに両親を亡くし、苦労に苦労を重ねてきた雪也を幸せにしてくれるのなら、聡介は誰でも祝福しただろう。

聡介が許せなかったのは、数馬が雪也の半ばヒモと化していたことだ。雪也の高校時代の同級生だったという数馬は、たちの悪いヤクザ相手に多額の借金を作った挙句、雪也のマンションに転がり込んでいた。

しかも弁護士報酬を支払いもせず雪也にヤクザたちとの交渉を任せ、衣食住全てを雪也に頼り、雪也のマンションでぐうたら過ごしているのである。当時から『正義の弁護士』として名を馳《は》せていた雪也は多忙を極め、クライアントが順番待ちをする有様だったというのに。

好きでやっていることですから、と苦にもしない様子の雪也が、聡介をいっそう不安にさせた。経験上、良く出来た女性ほど駄目な男に引っかかる傾向がある。美人で学歴も収入も高く、望めばどんな良縁でも摑めるだろう女性が、人間の屑《くず》のような男に熱を上げ、人生を狂わされたケースに、聡介は数えきれないくらい遭遇してきた。

雪也に彼女たちの轍《てつ》を踏ませるわけにはいかない。誰よりも苦労してきた雪也は、誰よりも幸福にならなければいけないのだ。

数馬と別れるよう何度も説得を試みたが、雪也は頑として聞き入れなかった。そこでとうとう数馬は雪也の留守中を狙ってマンションに押しかけ、数馬に釘《くぎ》を刺したのだ。雪也を不幸にしたら、どんな手を使ってでも潰してやると。

それから間も無く、数馬の借金問題に片が付いたと雪也から報告があった。聡介の忠告を受けても数馬は雪也と別れず、今も二人で暮らしているそうだ。

聡介が雪也に無断で数馬に会ったことも、雪也は数馬から聞かされたそうだが、怒りも疎ましがりもしなかった。ただ、聡介の知らない顔で真摯に忠告してきただけだ。

――先輩のご厚意には感謝しています。…ですが先輩、ご自分の価値観が全ての人間に当て嵌まるとお思いなら、それは大きな誤りです。いつか痛い目を見ることになるかもしれませんよ。

雪也の忠告は正鵠《せいこく》を射ていたのだと、聡介はしばらくして痛切に思い知らされることになった。ここ最近敢《あ》えて忙しくしていたのは、己の青さ、愚かさから逃避するためだ。

でも、十年ぶりに菖蒲と再会して気付いた。逃げ切れるはずがなかったのだと。…逃げてはいけないのだと。

今を逃したら、もう一生、機会は巡って来ないかもしれない。

「……菖蒲」

聡介は覚悟を決め、背筋を伸ばして菖蒲と向き合った。訝しげな菖蒲が口を開く前に、深々と頭を下げる。

「十年前……酷いことを言ってしまって、すまなかった」

「聡介……？」

「大貫から聞いたんだ。お前が大貫を殴ったのは、あいつがお前を侮辱したせいだったと」

雪也と数馬の一件の後、聡介は高校の同窓会に参加し、大貫と十年ぶりに再会した。研修医として聡介以上に忙しい日々を送る大貫が貴重な時間を割いたのは、十年前の罪を懺悔《ざんげ》するためだった。

大貫は両親の仕事の都合で、小学校を卒業するまで京都に住んでいたそうだ。菖蒲の父は京都では知る人ぞ知る華道の流派、春暁流《しゅんぎょう》の家元であり、三男の菖蒲はあちらでは有名人だったという。美貌ではなく、その出自にまつわる不穏な噂《うわさ》でだ。

家元夫人である菖蒲の母、靖子《やすこ》は、菖蒲を産んですぐに自殺している。それは不義の子を産んでしまったから――即ち、菖蒲は家元の実子ではなく、母親と浮気相手の間に出来た子だという噂が、まことしやかに囁かれていたのだ。菖蒲と二人の兄たちの年齢が一回り以上離れており、また家族が菖蒲には非常に冷淡だったこと、そして靖子が評判の美女だったことが噂に信憑性《しんぴょうせい》を与えたらしい。

噂が事実であるかどうかは、無論、他人にはわからない。だが大貫は、菖蒲が実家から遠く離れた都内の高校に厄介払いのように進学させられたことで、噂は正しいのだと思い込んでしまった。それでも無責任に言いふらすような真似《まね》はしなかったのだが、菖蒲が聡介と親交を深めていくにつれ、鬱憤を募らせていった。

そしてあの日、それがとうとう爆発した。お前が母親の浮気で生まれた子だって聞いたら、聡介はどう思うだろうな――聡介が席を外した生徒会室で、大貫はそうあてこすってしまったのだ。

ほんの出来心だったそうだ。菖蒲に嫌な気持ちを味わわせることが出来たらそれで良かったし、普段は何を言われても柳に風と受け流す菖蒲だから、せいぜい睨まれて終わりだと思っていた。

だが、大貫の予想は外れた。菖蒲は殺気めいた怒りを露《あら》わにしたのだ。怖くなった大貫が『やっぱり本当だったんだ。聡介に教えてやる！』と捨て台詞《ぜりふ》を残して駆け去ろうとするや、菖蒲は大貫の首根っこを摑んで捕らえ、殴りつけた。それこそが、十年前の暴力事件の真相だったのだ。

「…大貫は俺を恋愛対象として好きだったから、お前に嫉妬したんだそうだ」

大貫とは中学校からの付き合いで、菖蒲が編入してくるまでは誰よりも親しかったのに、恋愛感情を寄せられていたなど全く気が付かなかった。

愕然とする聡介に、大貫は大人になってから身に付けただろうほろ苦い笑みを浮かべて言った。聡介は良くも悪くも常識の塊だから、男の同級生にそういう意味で好かれるなんて絶対にありえないと思ってたでしょ、と。

「だがそれはもう過去のことで、今はちゃんと思い合える恋人も出来たそうだ。その恋人のためにも心残りを清算しておきたかったと」

「大貫が、そんなことを…」

「許してもらえるとは思わないが、菖蒲に会えることがあったら、悪かったと伝えて欲しいとも言っていた」

菖蒲は答えない。当惑しているのか、今更むしが良すぎると憤っているのか…おそらくは両方だろうと、聡介は再び頭を下げたままほぞを噛んだ。

どんな事情があろうと、菖蒲が暴力に訴えたことだけは許されない。だが十年前、そこに至るまでの経緯を大貫が素直に明かしていたなら、大貫の両親はあそこまで強硬な態度には出なかったはずだし、学校側の対応も違ってきただろう。

だが大貫は最後まで沈黙を保ち、菖蒲は一方的な加害者として学校を追われることになった。己の出自に関する風聞がこちらでも広まるのを恐れ、菖蒲が自宅に閉じこもって教師たちを追い返したのも無理はあるまい。

大貫から聞いた噂の真偽はどうあれ、菖蒲の父親が未成年の息子を遠い東京へ追いやったのは事実なのだ。家族は、菖蒲にとっては絶対に刺激されたくない急所だったはずだ。

それでも聡介とだけは会ってくれたのは、友情ゆえだったに違いない。なのに聡介は、何も知らなかったとはいえ、真実を話せと執拗《しつよう》に迫った。

菖蒲が激昂《げっこう》し、聡介を追い出したくなっても当然だ。つくづく、自分で自分が嫌になる。

「……顔を上げて、聡介」

聡介が不安を覚え始めた頃、菖蒲はようやく口を開いた。そろそろと顔を上げると、予想に反し、十年ぶりに再会した友人は怒りではなく苦い笑みを滲《にじ》ませている。

「聡介が謝る必要なんて無いよ。勿論、大貫も。何を言われても受け流せば良かったのに、久しぶりにあの噂を聞かされたからって、一人で熱くなって暴走したのは俺なんだから」

「…菖蒲…」

半ば予想はしていたが、やはり菖蒲は、地元で暮らしていた頃からその酷い噂話を耳にしていたのだ。母親の自殺だけでも幼心には大きな衝撃だっただろうに、その元凶が自分だったかもしれないと囁かれ、どれほど傷付けられただろうか。

「……ずっと、後悔していたんだ。どうして十年前、あんなふうに別れてしまったんだろうって。聡介と会って謝りたいって、何度思ったことか。でも、暴力事件を起こすような面汚しを野放しには出来ないと、実家に無理矢理連れ帰られて…携帯も取り上げられ、けっこう長い間閉じ込められてたから、連絡すら入れられなかった」

「そんなことが…？」

「やっと解放されてからは、実家からの手切れ金を元手に会社を興して、軌道に乗せるまで必死だった。聡介はきっと弁護士になっているだろうから、胸を張って会えるだけの立場を手に入れるまでは会いに行かないと決めていたんだけど…どうしても聡介じゃなければ任せられない問題が起きてしまって…」

それはもしや、家族に関する問題ではないかと、聡介は直感した。

会社関係のトラブルなら、菖蒲の経営する『イーリス』にも顧問弁護士が居るだろうから、そちらの方が適任だ。敢えて聡介に任せたいというなら、個人的なトラブル…それも家族絡みしか思いつかない。

聡介の勘は正しかった。

「……実は、父が倒れたんだ。末期の癌《がん》で、余命は長くないと……」

俯いた菖蒲の朱鷺《とき》色の爪が、拳の中にぐっと握り込まれた。


待合室をいつまでも占拠するわけにはいかなかったので、それから聡介たちはひとまず病院を離れることにした。再び車に乗り込み、向かったのは元麻布《もとあざぶ》にある菖蒲の自宅マンションだ。旧友とはいえ、再会したばかりの相手の自宅に上がり込むのは躊躇われ、事務所に戻ろうと提案したのだが、菖蒲には言下に拒まれてしまった。

「オフィスに戻ったら、聡介は絶対、なんだかんだで働いちゃうでしょ。きっちり休ませるって約束で、節子さんから聡介をもらってきたんだからね」

花嫁をもらう花婿のような言い方は気になったが、もし事務所に戻っても節子に追い返されるのは容易に想像出来たので、聡介は仕方無く菖蒲の自宅を訪問することにしたのだ。

「……すごいな」

室内に通されると、聡介の口から感嘆の呟きが漏れた。我ながらひねりが無いと思うが、すごいの一言しか出てこないのだ。

元麻布という好立地にあって、四階建の贅沢《ぜいたく》な低層マンション。その最上階のペントハウスと聞いた時点で相当の高級物件だと予想してはいたが、現実は予想の遥か上をいっていた。

シューズインクローゼットを備えた玄関を通り、通されたリビングは二十畳を超える広さで、切妻天井と漆喰《しっくい》の壁が品のある重厚感を醸し出している。いかにも座り心地の良さそうなソファセットの生地は、よく見ればしゃりしゃりとした光沢を放つ大島紬《つむぎ》で、さりげなく添えられたクッションには七宝や雪輪などを織り込んだ西陣織のカバーがかけられていた。コーナー窓の外には日本庭園が広がり、居ながらにして四季の移ろいが堪能出来る。晴れた日の夜には窓から月見台に出て、都会の月見と洒落込めるのだろう。

マンションではなく、高級旅館のスイートルームに迷い込んでしまったかのようだ。外国人を招待したら、大喜び間違い無しである。

「一年くらい前に引っ越してきたばかりなんだ。せっかくだから自分好みにしたくて、色々我がままを聞いてもらったんだよ」

菖蒲はこともなげに言い、ダイニングで手早く点《た》てた抹茶に、花の形をした落雁《らくがん》を添えて出してくれた。どこかで見たような形だな、と聡介は周囲を見回し、外の日本庭園で淡紅色の花を咲かせた木に目を留める。

「…もしかして、桃の花か？」

「うん、当たり。先週やっと庭の桃が花をつけてくれたから、行きつけのお菓子屋さんに頼んで作ってもらったんだ」

聞けば、菖蒲は庭に咲く花をかたどった菓子を折々に作らせ、四季の移ろいを目でも舌でも味わっているのだという。なんとも優雅な話だ。

「あそこに活けてあるやつも、庭の花なのか？」

部屋の隅には紫檀《したん》のコーナーテーブルがあり、備前焼の花器に薄紅色の大ぶりの花と、それを囲むように小さな白い花を幾つもつけた枝が活けられている。

薄紅色の花はたぶん椿だろうということくらいしか無骨な聡介にはわからないが、白い花はたなびく霞《かすみ》にも似て、椿の存在感を存分に引き立てており、素人目にも清雅で美しい。事務所にもたまに理恵や由佳が持参してきた花を飾るが、ごちゃごちゃとして統一感の無い彼女たちの生け花とは大違いだ。

「そう。あの雪柳と乙女椿も、庭に咲いた花だよ。本当は、雪柳の方はもう盛りを過ぎてしまったから、新しい花に替えるべきなんだけど…」

言われてみれば、白い花…雪柳は細かな花びらが大量に散り、花器の土台代わりの漆塗りの盆を白く染めている。積もりかけの雪のような光景を何となく見入る聡介に、並んで立っていた菖蒲が耳朶の近くで囁いた。

「…俺、昔から、白い花はどうしても捨てられないんだよね」

「……っ…」

艶っぽく笑う菖蒲に、出逢ったばかりの頃、校庭のウツギの花を見上げていた制服姿の菖蒲が重なった。ばくばくとにわかに騒ぎだした心臓を、聡介は必死になだめる。

……落ち着け。今も昔も、俺は白い花なんてガラじゃないだろうが。

「…それで、相談の件について話を聞かせてくれるか？」

聡介は咳払《せきばら》いをし、テーブルを挟んだ向かい側のソファに座った。このまま菖蒲の近くに居たら、給湯室の二の舞いを踏みそうな予感がしたのだ。幸い、菖蒲はそれ以上話題を引きずることも無く、対面のソファに落ち着く。

「……聡介は、俺の出生の噂について、大貫から聞いたよね？」

そう切り出した菖蒲の顔は、いつに無く強張《こわば》っていた。さっきの意味深な言動も、緊張を紛らわせるための悪ふざけだったのだろう。

「ああ。お前が実の父親ではなく、母親の浮気相手の子かもしれないと」

依頼人を守らなければ——弁護士としての使命感を取り戻し、頷いた聡介に、菖蒲は衝撃的な告白をした。

「あれは真実なんだ。俺は父と血が繋がっていない」

「…何故、断言出来る？」

「これを見て」

菖蒲は卓上にあったファイルから一枚の紙を抜き取り、聡介に差し出した。

海外の研究所のロゴマークが印刷された用紙がＤＮＡ鑑定書だとすぐにわかったのは、仕事で何度か目にしたことがあるからだ。数年前、人気男性アイドルが妻との間に生まれた子との親子関係を否定し、ＤＮＡ鑑定の結果親子関係が存在しなかったという事件があって以降、心当たりのある男性からの相談が格段に増えている。

『ＤＮＡ親子鑑定の結果…親子関係否定。生物学上の親子である確率…0パーセント』

太字で記された検査結果を読むや、眉がひとりでに寄るのがわかった。漏えいを防ぐため、個人情報は一切記載されていないが、被験者が誰なのかは言われずとも明白だ。

案の定、菖蒲は唇を歪めた。

「不倫の子、不倫の子ってずっと陰口叩《たた》かれてたから、だったらいっそ自分で調べてやろうと思って…高校入学前、こっそり父さんの煙草《たばこ》の吸殻を盗《と》って海外のラボに送ってみたんだ。そうしたら、本当に親子じゃなかった」

「…じゃあ…高校に入った時にはもう…」

「うん、わかってた。兄弟の中で俺だけが父さんに似ていない理由も、東京の高校に入学させられる理由も」

聡介の家でもてなされるたび、嬉しそうな、それでいてどこか寂しそうだった菖蒲を思い出し、聡介の胸は軋《きし》むように痛んだ。あの時、菖蒲は決して手に入らない家族の幻影を、聡介たちに重ねていたのかもしれない。

知らなかったとはいえ、惨《むご》いことをしてしまったのでは——遅まきながらの後悔がこみ上げるが、呑み込まれるわけにはいかない。今の聡介は友人ではなく、弁護士としてここに居るのだから。

「…菖蒲のお父さんは、菖蒲が自分の子ではないと知っているのか？」

「たぶん。…小さい頃、父さんに呼ばれて口の中を綿棒で擦られたことがあるのを、うっすら覚えているから」

おそらく、口内上皮を採取されたのだろう。口内上皮には良質なＤＮＡが含有されており、鑑定に最適とされている。ただし、被験者の合意が無ければ採取は難しいため、菖蒲は父親の煙草の吸殻を用いたのだ。多少精度は落ちるものの、吸殻に付着した唾液でも鑑定は行える。

「だとすれば、ほぼ確実に知っていると判断していいだろうな。だが、お父さんが菖蒲を自分の子ではないと公言しているわけではないんだろう？」

「それは無い。念のために戸籍も取り寄せてみたけど、俺は父さんと死んだ母さんの実子になっていたし」

「そうか…」

聡介は常に持ち歩いている仕事用の手帳を鞄《かばん》から取り出し、これまでに得た情報を整理しながら万年筆で書き込んでいった。

理恵や由佳からはタブレットの方が便利なのにと呆れられるが、アナログの方が性に合うし、何より手帳も万年筆も司法試験合格を祝って家族が贈ってくれたものだ。万年筆に至っては宇都木総合法律事務所の創始者である曾祖父の形見だそうなので、弁護士を引退するまで使い続けるつもりでいる。引退後は、出来れば息子か娘に受け継いでもらいたいものだがどうなるか…。

ふと顔を上げると、聡介の手元を興味深そうに見入っていた菖蒲と目が合いそうになり、聡介は慌てて視線を手帳に戻す。

「今までの話を整理するぞ。まず、菖蒲の家族構成はお父さんと亡くなったお母さん、それから二人のお兄さんと菖蒲。菖蒲はお父さんと血が繋がっておらず、お父さんもそれは承知しているが、今まで口に出したことは無く、戸籍上も実子になっている。……これでいいか？」

「うん、間違い無い」

「では、そろそろ本題だ。お父さんが末期の癌だそうだが…俺に相談したいのは、もしかして相続関係か？」

予想通り菖蒲は頷き、見惚れてしまいそうなほど優雅な仕草で抹茶を啜《すす》ってから、聡介のもとを訪れるまでの経緯を話しだした。

菖蒲の実家である黒塚家は、四百年以上の歴史を誇る華道春暁流の宗家で、代々の当主が家元を務めてきた。いわゆる三大流派ほど規模は大きくないが、その歴史は古く、地元では名士として有名だそうだ。

菖蒲の父、三十三代家元の鴎太郎《おうたろう》が激しい腹痛を訴え、倒れたのは先月末のこと。救急搬送された先の病院で行われた検査の結果、膵臓《すいぞう》癌と判明した。縁故のある大病院に転院し、どうにか命を繋いではいるものの、本人は意識不明のまま。医師の診断では、肺などの臓器にも転移が見られ、一度も意識を回復せずに亡くなる可能性もあるという。

瀕死《ひんし》の父親を後目《しりめ》に、菖蒲の二人の兄は春暁流次期家元の座を巡って争い始めた。

本来なら現家元が血族から最も資質ある者を指名するのが習わしだが、鴎太郎は意思表示すら叶わない状態である。

菖蒲の長兄、鴻太郎《こうたろう》は春暁流の理事を、次兄の隼次郎《しゅんじろう》は顧問を務めており、どちらも才能に大差は無いらしい。兄弟の中で最も才能に恵まれたのは、皮肉にも菖蒲なのだそうだ。これは菖蒲の自惚《うぬぼ》れでも何でもなく、兄たちの嫌がらせで免状こそ平の師範に留まっているものの、幹部たちには菖蒲こそ次期家元に相応しいと主張する者が少なくない。伝統に胡坐《あぐら》をかいていては古流派といえど生き残れない昨今、菖蒲が衆目を惹きつける容姿の主であることも大きいだろうが。

兄たちはこの時ばかりは協調し、菖蒲に次期家元の座を辞退しろと迫った。鴎太郎が意識を取り戻さないまま亡くなれば、次期家元は幹部たちの投票によって決められる可能性が高いからだ。元々、春暁流にも実家の資産にも何の未練も無く、これ以上のごたごたに巻き込まれたくなかった菖蒲は、二つ返事で承諾し、次期家元候補から外れる旨を幹部たちに表明した。

しかし、それ以降、菖蒲の身辺で妙な事件が起こるようになった。

『イーリス』の本部として使用しているビルが荒らされたり、従業員が何者かに襲われたり、菖蒲の自宅マンション周辺を不審者がうろついたり――このマンションは高いセキュリティを誇るため、住人以外が侵入するのはほぼ不可能だが、菖蒲が外に出ると誰かに尾行されているような気配を感じることがあるという。そのため、今はほぼ運転手付きの車を使っているそうだ。

聡介はいつの間にか皺の寄ってしまった眉間を指先で揉み解《ほぐ》し、当事者の名前入りの人物関係図を書き終えてから顔を上げた。

「…タイミングからして、お前のお兄さんたちが関わっているのは間違いなさそうだが…警察には届けたんだろう？」

「うん。被害を受けたのが俺だけならまだしも、従業員まで怪我をさせられたからね」

しかし、いずれの事件の犯人も証拠らしい証拠を一切残しておらず、捜査は難航しているとのことだった。勿論、菖蒲は二人の兄に抗議したが、彼らは事件とは無関係だと主張し、菖蒲が次期家元の座を望むあまり自分たちを貶《おとし》めようとしているに違いないと逆上する有様だという。

菖蒲は項垂《うなだ》れ、茶碗に添えた手を小刻みに震わせた。

「…情けないけど、兄さんたちは俺を心底嫌っていて、排除するためなら何をしでかすかわからない人たちなんだ。さすがにDNA鑑定まではしてなくても、あの噂や父さんの態度から俺が黒塚家の子じゃないことは察してたはずだし……何より、俺が母さんを死なせた元凶みたいなものだからね。嫌われて当然だと思ってる」

「菖蒲……」

「俺が標的にされるのは仕方が無い。…でも、無関係の人間をこれ以上傷付けられるのは我慢出来ない。襲われた従業員は命こそ無事だったけど、重傷を負って、未だに入院しているんだ」

唇を引き結んだ菖蒲の表情から、聡介は依頼内容を薄々推察出来た。

菖蒲は高校時代から、自分がいくら誹謗《ひぼう》中傷を受けても平気だったくせに、聡介が謂《いわ》れの無い罵倒を浴びると、相手が泣き出すまで問い詰めるのが常だった。自分よりも人の痛みこそを苦痛に感じる男なのだ。それは聡介には美徳だと思えるが、菖蒲の胸糞《むなくそ》悪い兄たちにとっては…。

予想に違《たが》わず、菖蒲は真摯に切り出した。

「聡介。…俺が今、父さんの遺産相続を放棄すれば、俺の次期家元就任の可能性は限りなく低くなって、兄さんたちもこれ以上の手出しを控えるんじゃないかな…？」

「…お兄さんたちの罪を追及したいとは思わないのか？」

「そりゃあ思うけど…犯人が捕まるまで待っていたら、また巻き添えが出るかもしれないだろ。俺は花は好きだけど、本当に家元になる気なんて無いし、金にだって困ってない。家元の座も親父の遺産も要《い》らないんだ。全部、兄さんたちが持っていけばいいと思ってる」

その言葉に偽りは無いのだろうが、だからこそ二人の兄は菖蒲を忌み嫌うのかもしれない。聡介は内心溜息《ためいき》を吐いた。

父の遺産と家元の座を巡って争う兄たちにしてみれば、何の後ろ盾も無く資産を築き上げた一回り以上年下の、それも血の繋がらない才気溢《あふ》れる美貌の『弟』など、嫉妬の対象でしかあるまい。当の菖蒲が彼らの欲しがるもの全てを取るに足らないものとして望まないなら、尚更。

「つまりお前は、お父さんの相続の放棄を依頼するために、俺のところに来たんだな？」

「そう。……引き受けてもらえる？」

「残念だが、無理だな。…ああ、引き受けたくないわけじゃなくて、そもそも被相続人…財産を遺《のこ》す人間がまだ生きているうちは、相続放棄は出来ないことになっているんだ。相続は被相続人が死亡して初めて開始するものだからな」

菖蒲の顔が衝撃に歪んだので、聡介は慌てて説明を付け足した。

「どうしても生前に相続人から除きたいのなら廃除という手もあるが、これは被相続人…亡くなる人しか手続きが出来ないし、たとえお父さんが意識を回復しても難しいと思う」

廃除とは被相続人が家庭裁判所に申請し、相続人から相続権を剝奪する手続きだが、廃除されるのは被相続人に虐待を加えたり、非行や犯罪に走ったなど、相当の理由のある相続人に限られる。家庭裁判所の審査基準も非常に厳しく、申請しても認められる確率は低い。聡介の経験上、むしろ被害者と言ってもいい菖蒲の廃除が認められることはほぼ無いだろうと思われる。

「…俺が父さんの実子じゃない、っていうのは理由にならない？　証拠もあるよ」

菖蒲はテーブルのＤＮＡ鑑定書を指差すが、聡介は否定せざるを得なかった。

「勘違いされやすいんだが、生物学上の親子であることと、法律上の親子であることは別次元の問題なんだ。嫡出推定といって、妻が婚姻中に産んだ子どもはその夫の子どもだと推定される。本当の父親が別の男であっても関係無い。だから生物学的な父親が別人であり、その明白な証拠があっても、法律上、お前はあくまでお父さん…黒塚鴎太郎氏の嫡出子という扱いになる。それが民法の規定だ」

「え？　どうしてそんなことになるの？」

「可能な限り早急に法律上の父親を定めれば、法的な地位が安定し、子どもの福祉に繋がるからだと言われているな」

　聡介の説明を聞いても、菖蒲はわかったような、わからないような微妙な顔つきをしている。DNA鑑定という確実な証拠があるのにどうして、と腑《ふ》に落ちないのだろう。

　その気持ちは聡介も理解出来る。DNA鑑定を行えば子どもが夫の子か否かは百パーセントに近い確率で判明するのだから、そこまで強固に法律で父親を定める必要は無いのではないかと、疑問に思うのは当然だ。

「まあ、民法が施行されたのは明治時代だから、当時はDNA鑑定なんてものが生まれるとは想像もしなかったんだろうな」

「うーん……なら仕方無いけど、結局、俺はどうすればいいんだろう？」

　弱りきった様子の菖蒲が、もっともな疑問を口にする。聡介は曾祖父の形見の万年筆を手の中で弄びながら思考を巡らせた。

「どうしても相続放棄をしたいのなら、不謹慎だが、お父さんが亡くなるのを待つしかない。他に今の段階で取りうる手段といえば…民間の警備保障会社に警備を依頼し、またお兄さんたちが何かしてきたらなるべく多くの証拠を保全しておくくらいだな。お前、どうしてどこの会社にも警備を依頼していないんだ？」

　しばらく行動を共にしていたが、菖蒲が身辺警護サービスを利用しているような気配は無かった。民間の警備員であっても、常に同行させていれば、民間人である二人の兄たちにはじゅうぶんな威嚇《いかく》効果が望める。難点は費用が高くつくことだが、菖蒲ならさして懐も痛むまい。

「身辺警護を頼むことは俺も考えたんだけど、お客様を怖がらせるかもしれないと思うと、なかなか踏み切れなくて…」

「お客さんというと…ネイルサロンのか？」

てっきり、チェーン展開しているサロンのどこかでネイリストとして働いているのか、だとすれば警備員を連れ歩くのは確かに無理がある、と思った聡介だが、菖蒲はひらひらと手を振った。

「俺はただのオーナーだから、施術に関しては全て各店舗に任せてるよ。ただ、俺の施術を希望されるお客様には、俺自身がご自宅に伺ってるんだ」

菖蒲によれば、ネイリストにはサロンを持たない出張ネイリストも珍しくはないらしい。テナント料などの費用がかからず、低コストで開業出来るからだ。菖蒲も、ネイリストとして開業したばかりの頃は顧客の自宅を訪問し、施術をしていたという。

『イーリス』が軌道に乗って以降、ほとんどの顧客はいずれかのサロンに振り分けられたものの、今でもごく一部の断れない筋だけは菖蒲自身が担当しているのだそうだ。菖蒲はぼかしていたが、今の菖蒲でも気を遣わなければならないのだから、社会的地位にも資産にも恵まれた相当の大物揃いなのだろう。

「確かに、そんな顧客の家に警備員を同伴するわけにはいかないだろうが…」

聡介は指で挟んだ万年筆をゆらゆらと上下させた。考え事をする時の癖だ。

菖蒲が次期家元の座を辞退したにもかかわらず、二人の兄は京都から人を雇ってまで嫌がらせを続けている。菖蒲憎しのあまり、正気を失いかけているのかもしれない。鴎太郎の容態によっては更に過激な手段に及ぶ可能性がある。

金が絡めば人は鬼にも悪魔にもなる。そこに憎悪が加われば泥沼だ。

母親の浮気相手の子が、法律上の親子だからというだけで、父の遺産の三分の一を相続する権利を持つのである。菖蒲がいくら次期家元にはならない、遺産も放棄すると訴えても、聞く耳を持つまい。

ここはやはり、警備保障会社を入れて防御を固めつつ牽制《けんせい》するのが最良なのだが…。

ある男の顔が閃いてしまい、ぴたりと万年筆の揺れが止まった。出来れば一生忘れていたかったのだが、考えれば考えるほどあれ以上の適任は居ない気がする。菖蒲を守るためなら、背に腹は代えられない。

「……俺の親戚で、身辺警護専門の警備サービス会社を経営している奴が居る。少々癖はあるが、腕は折り紙つきだ。顧客に勘付かれないよう距離を保っての警護も、頼めばやってくれるだろう。そこに依頼するのはどうだ？」

「え、聡介の親戚が？　もし本当にそうしてもらえるのなら、ぜひお願いしたいけど…大丈夫？」

「ああ、このご時世だから引く手数多だと思うが、俺の紹介なら優先して受けてもらえると思う」

「そうじゃなくて…」

菖蒲はテーブルの向こうから、しなやかな指で聡介の眉間を指した。

「すごい皺が寄ってるよ。もしかして、聡介の苦手な人なんじゃない？」

「…いや、苦手ではない。苦手ではないんだが……何というか、合わないんだ」

相変わらずの鋭さに内心舌を巻きながら、聡介は二年ほど前に会ったきりの男を思い浮かべ、眉間を揉み解す。

多少の難点はあるが、そこにさえ目を瞑《つぶ》ればあれほど有能な男も居ない。菖蒲の兄たちの嫌がらせ如き、簡単に防いでくれるだろう。事件が起きなければ動かない警察よりはよほど頼りになる。

「…いいの？　そんな人なら、なるべく顔を合わせたくないでしょう？」

「いいんだ。菖蒲の安全には代えられないからな」

「…聡介…」

菖蒲はぴんと背筋を伸ばし、居住まいを正した。凛とした、だがどこか頼りなげに揺れる黒い瞳が、ウツギの花を見上げていた時の菖蒲に重なる。

「いきなりのこのこと現れて、こんなことをお願いするのは厚かましいってわかってる。…でも、聡介にしか頼めないいんだ。俺の依頼、受けてもらえる…？」

「……あ、あ」

紫檀のテーブルにきちんと揃えて置かれた白い手。その男にしてはほっそりとした指先を彩る朱鷺色の爪が花のように見え、聡介を幻惑する。十年前、マニキュアを塗ったあの手が聡介の性器に絡み付き、精液を絞り取ったのが信じられないほど清楚《せいそ》で、それでいてなまめかしい…。

「…お前こそ、俺でいいのか？　十年前、あんなに酷い暴言をぶつけて逃げた俺で…」

幻影を振り切るように確認すれば、菖蒲は力強く首肯した。

「元から怒ってないよ。あれは俺も悪かったんだ。俺はずっと聡介に許してもらって、仲直りしたかった。…聡介は？」

「俺も…、大貫に真相を聞かされた時から、そう思っていた。まさかこんな形で、お前に再会出来るとは予想もしなかったが…」

「本当に？ ……嬉しい」

言葉尻を奪い取る勢いで菖蒲は立ち上がり、聡介の背後に回り込むや、万年筆を握る手にそっと己のそれを被せた。触れ合った肌から伝わる温もりも、どこからともなくたゆたう花の香りも、十年前と少しも変わらない。

「じゃあ、これから俺たちはまた友達だね。…面倒をかけますが、よろしくお願いします。宇都木先生」

「……ああ、こちらこそ」

茶化した口調の菖蒲に、聡介はぎこちなく頷いた。曾祖父の形見の万年筆を取り落としてしまわないよう、ぎゅっと握り締めながら。


細かな相談が済んだ後、聡介は豪勢な手料理でもてなされ、半ば強引に菖蒲のマンションに宿泊させられた。聡介としては早々に退散したかったが、節子に言い付けると脅されては断るわけにもいかない。

警備の件で打ち合わせがあるからと、翌日の土曜日にはなんとか逃げ出したが、危ないところだった。火傷した手を使わせないという名目で、菖蒲は聡介にぴたりと付いて離れず、何から何まで世話を焼きたがったのだ。

食事まで箸で口元に運ばれそうになったのは参った。目の前でつややかな爪が蝶《ちょう》のようにひらめくたび股間が反応してしまい、また醜態を晒しはしないかとひやひやさせられた。無事…と言うのも妙な話だが、菖蒲の車で自宅に送り届けてもらった時には、密かに握り締めた拳を天に突き上げてしまったほどだ。

聡介は赤坂《あかさか》にある一戸建てに、両親と同居している。祖父母は先年に亡くなり、検察官の母も子育てがひと段落してからは留守がちなため、実質は聡介と父の二人暮らしだ。この歳で親と同居というのも恥ずかしいが、上司であり、経験豊富な先達でもある父の意見をすぐに聞けるのは大きな魅力で、なかなか一人暮らしを始められずにいる。

『そうか…。黒塚くんに、そんな事情があったとはな…』

聡介が菖蒲から聞き取った話を伝えると、父の賢一は沈痛な面持ちになり、自分も出来るだけ力になると約束してくれた。あんな形で消えてしまった菖蒲を、賢一なりに心配していたらしい。菖蒲の凄惨な家族環境を知った後だと、こういう人が父親であることが幸運だと思える。

その父親が柔和な顔を珍しく強張らせたのは、菖蒲に警備サービスを付けたいと話した時だ。

『何も、あいつじゃなくても、もっとましな業者は居るだろうに…』

『同感ですが、優秀さでは随一ですから』

『……まあ、お前が良ければ私は何も言わんが……』

長年都心で活動してきた賢一さえ難色を示す問題人物。そんなもの、聡介だって近付きたくはないが、菖蒲のためと割り切り、久しぶりに連絡を取った。

くだんの人物は欧州に滞在中だったが、仕事の交渉を即座に打ち切り、なんと翌日の日曜日には帰国し、一も二も無く聡介の依頼を引き受けてくれたのだ。月曜日にはチームを組み、菖蒲の警備に当たってくれるという。

それだけなら非常に良心的に聞こえるが、聡介はべつだん感謝などしていない。相応の見返りは支払っているからだ。

「先輩、おはようございます。……まだ体調が戻っていないんですか？　何だか、とてもお疲れのようですが」

疲労困憊《こんぱい》で出勤した月曜日。二日ぶりで自分の席につくと、先に出勤していた雪也がキーボードを叩く手を止め、心配そうに見上げてきた。顔に出したつもりは無いのだが、長い付き合いの後輩には勘付かれてしまうようだ。

「…ちょっと、賢次郎《けんじろう》さんに依頼をしてきたんでな…」

「それはまた……お疲れ様でした」

引き出しからそっとチョコバーを差し出していたわってくれるのは、雪也もまた賢次郎と面識があるからだ。

雪也がメディアで名を馳せるきっかけとなった痴漢冤罪《えんざい》事件。あの事件の被疑者とされた依頼人の家族が執拗な嫌がらせを受け、依頼人の自宅が何者かに荒らされるという事件にまで発展したことがあった。

その際、放置すれば家族に身体的危険が及ぶ恐れがあったため、雪也から相談を受けた聡介が賢次郎に調査と警備を依頼したのだ。警備対象が刑事事件の被告人の家族だと聞いたとたん、どの業者にも拒否された末の、苦渋の選択だった。

賢次郎が調査に乗り出した翌週、犯人は捕まり、依頼人とその家族は不安から解放された。冤罪がめでたく晴れた後、依頼人に丁寧なお礼の手紙までもらったのだが…。

「黒塚さんの依頼、受けたんですか？」

「ああ。それがちょっと厄介なことになっていて、賢次郎さんの力を借りざるを得なくなったんだ。後でサーバーに報告書を上げておくから、目を通しておいてくれ。お前の意見を聞かせてもらうかもしれない」

「わかりました。この後、すぐに読んでおきます」

宇都木総合法律事務所では、所属弁護士は個々で抱える案件でも概要を報告書に纏め、事務所全体で共有する決まりになっている。地方の条例まで含めれば法律は星の数ほど存在しており、弁護士もそれぞれ得意分野が異なるため、複数の目に晒すことで最適な解決手段を導き出せるというのが父の考えだ。

「…どうした、雪也。何かいいことでもあったのか？」

いつに無く機嫌が良さそうな後輩に問いかけ、聡介はすぐに後悔した。雪也の機嫌を上昇させるものなど、あの男…同棲中の恋人、数馬しか居ない。

のろけ話でもされたらどうしようと身構えた聡介に、雪也は紅い唇を綻ばせた。

「だって先輩が僕に意見を聞きたいなんておっしゃるのは、久しぶりでしたから」

「……そうだったか？」

「ええ。ここ何か月かずっと脇目も振らずに仕事に打ち込んでいて、僕に限らず、所長以外の先生方にもあまり相談されなかったでしょう？　皆さん、心配なさってましたよ。勿論僕も」

それは元はと言えばお前が原因で…と反論出来るはずもなく、口ごもっているうちに、雪也は理恵に呼ばれて席を立ってしまった。クライアントが予定より早く訪れたようだ。

数馬に忠告をしに行った一件以降、雪也の態度は変わらなかったし、聡介もいつも通り接していたつもりなのだが、無意識に避けてしまっていたらしい。しかも同僚にまで気を揉ませていたとは。節子にも心配されていたようだし、注意力散漫にもほどがある。

「…あの、若先生…」

自己嫌悪に浸っていると、その場に留まっていた理恵がおずおずと声をかけてくる。金曜日よりずいぶん控えめのメイクの彼女は、聡介が振り向くや、がばりと頭を下げた。

「先日は申し訳ありませんでした！　私、すっかり浮かれてしまって…火傷、痛みませんか？」

「ああ…、すぐに冷やしたし、病院でも診てもらったから大丈夫だ。ほら」

理恵がしきりに気にするので、聡介は両手の甲を突き出してやった。紅茶をかけられた直後は赤く腫れていたそこは、病院で出された軟膏をこまめに塗った甲斐《かい》あってほぼ治癒している。痛みも無いと伝えると、理恵はようやく愁眉を開いた。

「良かった…。痕でも残ったらどうしようかと思いました」

「男なんだから、別に痕くらい残っても構わないだろう。誰も気にしないさ」

「……す、よ」

「えっ？」

理恵が俯きがちなせいで、小さな呟きはくぐもってうまく聞き取れない。聡介が軽く身を乗り出すと、理恵は潤んだ瞳で見上げてきた。

「私は、気にしますよ。…だって、若先生が傷付くのは嫌ですから」

ほっそりとした理恵の腕がやおら伸ばされる。淡い桜色のジェルネイルが施された指先がいたわるように聡介の手の甲に触れようとした瞬間、生まれたままの、だが理恵よりも遥かにたおやかだった菖蒲の指先が脳裏をかすめる。

「きゃ…っ…！」

自分が理恵の手を乱暴に振り払ったのだと気付いたのは、小さな悲鳴が上がった後だった。理恵は驚愕に目を見開くが、信じられないのは聡介の方だ。か弱い女性相手に、無意識とはいえ、こんな仕打ちをしてしまうとは。

そこで着信を告げた胸ポケットの携帯電話は、聡介にとってまさに天の助けだった。すまない、と聡介は理恵に短く詫《わ》びると、デスクを離れ、パーティションで区切られた休憩スペースにそそくさと移動する。

「はい…」

『もしもしっ！　聡ちゃん!?』

着信を取るや、喜色の滲んだ大音声に鼓膜をつんざかれそうになり、聡介は慌てて薄い端末を耳元から離した。嫌というほど馴染んだ声は、スピーカーにしたわけでもないのに、びりびりとあたりに響き渡る。

『うわーうわー嬉しいっ！　聡ちゃんが一度かけただけで出てくれるなんて…しかもさっきの、ちょっとよそゆきモードだったよね。僕からだって気が付かなかった？　うっかりさんだなあ、聡ちゃんは。でも、本物の弁護士みたいで……格好良かったよ？』

こつん、と硬い音が端末の向こうで響いた。見ないでもわかる。聡介の頰の代わりに、相手が自分のディスプレイを指先でつんつんとつついた音だ。

いちいち鬱陶しいが、この程度で苛立っていたら聡介の頭は数分で不毛地帯と化すだろう。はあっと息を吐き、聡介は耳から数センチ携帯電話を離したまま口を開く。

「…何度も言いましたが、私は正真正銘、本物の弁護士です。賢次郎さん」

『………』

「菖蒲の警備の件ですよね？　何か問題でも……賢次郎さん？」

何度呼びかけても、一言も応答が返ってこない。切れてしまったのだろうかと思って携帯電話の画面を確認するが、通話は維持されており、昨日無理矢理登録された通話相手の嫌味なくらい整った顔の写真が表示されている。

「ちょっと…賢次郎さん？　聞こえてますか？」

『……ない』

「はっ…？」

しつこいほど呼びかけてようやくあった返答は、さっきと比べ物にならないほど小さく、くぐもっている。

聡介が無言のままじっと耳を澄ましていると、相手は根負けしたように…あるいは構ってもらえずふてくされた子どものように我がままを言い始めた。何も事情を知らない第三者であれば、聞き惚《ほ》れてしまいそうな重低音で。

『叔父ちゃま、って呼んでくれなきゃ、返事しない』

「…おい、あんた…」

『だって聡ちゃんは、僕のたった一人の可愛い甥《おい》っ子じゃないか！　小さい頃は叔父ちゃま叔父ちゃまって、僕の後をちょこちょこ追いかけてくれた！　だから今だって、叔父ちゃまって呼んでくれなきゃ返事しない！』

とんでもない三段論法を繰り広げる相手…宇都木賢次郎は、悲しいかな、紛れも無く聡介の血の繋がった叔父である。父賢一の、一回り歳の離れた弟なのだ。

十代で司法試験に合格するほどの知能の持ち主で、将来を嘱望されていたにもかかわらず、高校卒業寸前でアメリカに渡り、民間軍事会社に就職したという変わり種でもある。その後日本で警備サービス会社を立ち上げ、海外滞在中に培った人脈を活用して国内外を飛び回っているが、多忙の合間を縫っては帰国し、たった一人の甥である聡介を猫可愛がりしてくれた。

それを素直に嬉しがっていたのは、せいぜい小学校に上がるまで。しかし、聡介がいくら鬱陶しがって邪険にしようと賢次郎はめげず、幼い頃と同じように可愛がった。

なんだかんだ言っても身内であるし、しつこい上に子ども扱いされるのが嫌なだけで、愛情自体はありがたい。しかも優秀で、聡介の依頼であれば他の業者が尻込みするような事件でも気安く引き受けてくれるので、何かあるとつい頼ってしまうのだが、そのたび報酬と称して二人きりの時間を要求してくるのが玉に瑕《きず》だ。

痴漢冤罪事件の依頼人の家族の警備を依頼した際は、幼い頃よく連れて行ってもらった千葉《ちば》のテーマパークを連れ回され、可愛らしい鼠耳《ねずみ》カチューシャを装着した状態で、賢次郎とマスコットキャラの着ぐるみと一緒に記念撮影までされた。同行した雪也は一部始終を目撃したので、今朝、あれほどいたわってくれたのだろう。

ちなみに今回は、賢次郎のスケジュールが立て込んでいたため、昨日ほぼ一日ドライブと買い物に付き合わされるだけで済んだのだが、言うまでもなく賢次郎は不満たらたらだった。恥ずかしい呼び方を強要するのは、そのせいに違いない。

「…………叔父、ちゃま」

押し問答で時間を浪費するよりはまし、と割り切り、憤死しそうになりながら呼びかけたとたん、電話の向こう側の気配が一気に華やいだ。

『なになに？　聡ちゃんっ』

「これからクライアントと面談の予定がありますので、そろそろ本題に入って欲しいんですが」

口から出任せの嘘だったが、賢次郎はビジネスに関しては意外なほどまともなので、あっさり納得したらしい。

『そうそう、黒塚くんの件だけどね。さっそく家にお邪魔して、プランを練らせてもらった。今日からうちのスタッフが警備に入らせてもらうことになったよ。細かな契約内容は聡ちゃんのアドレスにも送ったけど、元々日本にしてはセキュリティの高いマンションだったし、不審者はほぼシャットアウト出来ると思う』

「……！　ありがとうございます！」

『黒塚くんの移動中は、うちのスタッフが付かず離れず警備する。黒塚くんの従業員を襲ったっていう奴らがプロなら警戒して近付かないだろうし、素人ならのこのこ出てきたところを一網打尽にするから』

相変わらず、聡介に対する溺愛さえ抜きにすれば賢次郎は優秀だ。賢次郎がアメリカ滞在中に引き抜いてきたスタッフたちも有能揃いで、このご時世、ガードの依頼が絶えないというのも頷ける。

『…ところでさあ、聡ちゃん。黒塚くんって、もしかして聡ちゃんの恋人？』

「…ぶっ…!?」

ひとしきり打ち合わせが済んだところで不意打ちを喰《く》らい、聡介は思い切り咳《せ》き込んだ。通りがかった同僚の弁護士が、ぎょっとしてパーティションから顔を覗かせる。大丈夫だからと手を振ってみせ、聡介は休憩スペースの隅っこに引っ込んだ。

「な…っ、何を言ってるんですか。あいつは高校の頃の友人ですよ」

『ええー？　だってさあ、聡ちゃんって僕に似てイケメンだからモテモテのくせに、今まで三人しか彼女が居なかったけど、みんなどこか黒塚くんに似た感じの子だったじゃない』

どうしてたまにしか帰国しないくせに聡介の恋愛遍歴を正確に把握しているのか。彼女の容姿まで網羅しているのはどういうことだ。気になるところは山ほどあるが、聡介に追及するだけの余裕は無い。

……確かに、大学時代から今までに三人の女性と付き合った。結局は互いに忙しくて自然消滅してしまったのだが、彼女たちは菖蒲に似ていただろうか？

皆、白い肌に艶やかな黒髪で、ほっそりとした綺麗な指先の持ち主だったことは覚えている。けれど、肝心の顔立ちは……。

『聡ちゃん…老婆心から言わせてもらうけど、気を付けなよ』

聡介の混乱を知ってか知らずか、賢次郎の声がにわかに真剣みを帯びる。こんな声を聞くのは、物心ついてから初めてかもしれない。

「賢次郎さん…？」

『僕は聡ちゃんが自分の意志で選ぶなら、どんな子だって祝福するつもりだけど…あの子、かなりやばい気がする。うまく説明しづらいんだけど…』

叔父ちゃまと呼べと茶々を入れず、慎重に言葉を選んでいるところに、賢次郎の本気が窺えた。

思い出す。三日前、十年ぶりに再会したばかりの友人を…聡介の知らない間に苦労を重ねていた菖蒲の、妖しさを増した美貌を。聡介の前では常に笑みを絶やさなかったあの友人は、一体、賢次郎にはどんな表情を見せたのだろう？

「…菖蒲は友人です。恋人にするつもりはありません」

火傷を負った手に絡み付いた指を、密着した肌の温もりを、かぐわしい匂いを頭から追い払いながら断言すると、賢次郎は大仰に吐息を漏らした。

『だったらいいんだけどね…聡ちゃんは陽の当たるところしか歩いたことの無い子だから、行く先にぽっかり大穴が空いてても気付かず進んじゃいそうで怖いっていうか…』

「…何を言ってるか、さっぱりわからないんですが…」

『まあ、聡ちゃんはわからないままでいいと思うよ。用心してたって無駄かもしれないし』

こつん、とまた硬い音がした。聡介が反射的に頬を手で隠したのを見通したように、忍び笑いが漏れる。

『穴に落ちるのはいいけど、穴底で死なないようにね、って話さ。僕で良ければいつでも相談に乗るから』

じゃあね、と軽い別れの言葉を投げ、賢次郎は通話を切った。いつもなら聡介が痺《しび》れを切らすまでお喋りに付き合わされるのに、拍子抜けだ。

……何を言いたいのか、結局、最後までわからなかったな。

すぐ仕事を始める気にはなれず、待ち受け画面に戻った携帯電話を何気無く眺めていると、由佳がパーティションの隙間から現れる。

「若先生、黒塚様からお電話ですが」

「あ…、ああ、ありがとう。すぐに行くから」

どこか非難めいた冷たい眼差《まなざ》しは、理恵からさっきの仕打ちを聞かされたからだろうか。ばつの悪さを感じながらデスクに戻り、保留にされていた電話を取る。

「もしもし、菖蒲？　何かあったのか？」

『聡介、実は……』

打ち明けられた話の内容に、混乱していた聡介の頭は冷静さを取り戻してゆく。ざっと聴取を終えると、聡介は手帳で今日の予定を確認してから告げた。

「今からそっちに行く。部屋で待機していてくれ」


菖蒲を事務所に呼び出すのではなく、聡介自身が赴いたのは、不審者を警戒してのことだ。賢次郎の部下が付いていてくれれば安全は保障されたも同然だが、わざわざ隙を晒す意味は無い。

幸い、事務所から菖蒲のマンションのある元麻布までは、タクシーを使えば十分ほどだ。電話を受けた一時間後には、聡介はあの優雅なリビングに通されていた。今日も、紫檀のコーナーテーブルには菖蒲が活けたのだろう花が飾られている。

この季節に桜、それも白い桜かと驚いた聡介に、菖蒲は啓翁桜《けいおうざくら》というのだと教えてくれた。近年品種改良された桜で、冬から早春にかけて咲くという。白い花びらは、枯淡とした味わいの壺《つぼ》に活けられると重なった部分が薄紅色に染まり、たなびく春霞のようだ。いや、白くたおやかな指先を飾る朱鷺色の爪か。

思わず菖蒲の相変わらず艶やかな指先を凝視しそうになり、聡介は平静を取り繕って切り出した。

「では、さっそく見せてくれるか？」

菖蒲は頷き、一通の封書を手渡してくれる。何の変哲も無い茶封筒だ。差出人は企業でも弁護士でもなく一般人で、一見、ごく普通の手紙である。

だが、曲がりなりにも弁護士の聡介には、この書簡の中身がすぐに推察出来た。時期的にも間違いないだろうと思いつつ中身の書面を広げれば、案の定、そこには『調停についてのお知らせ』と記されている。

「家庭裁判所からの、調停の呼び出し状だな」

「…それ、やっぱり本物？」

先に開封して中身も確かめたはずだが、菖蒲は半信半疑のようだ。無理も無い。封書は普通郵便で届き、差出人も一般人なのだ。弁護士でなくとも、経営者なら、裁判所からの通知は受領印が必要ないわゆる特別送達で届くという知識くらいはあるだろう。

「本物に間違いない。簡裁や地裁と違って家裁は親族間のデリケートな問題を扱うから、周囲に争っていることを気付かれないよう、わざと普通郵便を使うんだよ。この差出人は、裁判所書記官。万が一誰かの目に触れても、裁判所からの通知だとわからないようにしてある」

「家裁って、そんな配慮をするんだ…」

「家事審判は通常の民事裁判とは違い、独特のルールがあるからな」

調停前置主義もその一つだ。通常、原告が訴えを起こせば裁判が始まり、その裁判の様子は公開され、憲法で保障された権利として、日本国民なら誰でも傍聴出来る。

だが相続や離婚など、家庭裁判所が管轄する事件は必ず調停が先に行われ、それでも解決しなかった場合にのみ通常の裁判へと移行する。調停と裁判の最大の違いは、担当するのが裁判官ではなく調停委員であること、そして原則として非公開であることだろう。

「そうか…。じゃあ、兄さんたちは本当に……」

聡介の説明を聞いた菖蒲の表情が、にわかに曇る。それも当然だ。調停を申し立てたのは、黒塚鴻太郎と隼次郎――菖蒲の二人の兄。申し立ての内容は、昏睡状態の父鴎太郎と菖蒲の親子関係不存在の確認だ。つまり、鴎太郎と菖蒲が生物学上の父子ではないことを根拠に、法律上の親子関係も否定するよう、裁判所に訴えているのだから。

血の繋がりが半分しか無く、不仲であったとはいえ、鴻太郎たちが菖蒲の兄であることに変わりはない。聡介と家族を、羨ましそうに眺めていた菖蒲は、さぞや家族の愛情に飢えていただろう。兄たちに言われるがまま次期家元の座を辞退したのも、いつか彼らと和解出来たらと儚《はかな》い望みを抱いたがゆえかもしれない。

それが全て裏切られたのだ。菖蒲がここまでしたにもかかわらず、二人の兄は菖蒲との繋がりを完全に断ちたがっている。次期家元の座も、死にゆく父の資産も、決して菖蒲には渡さないために――曾祖父の万年筆を上下させながらそこまで考えて、引っかかるものがあった。

「…どうして、あんな嫌がらせを?」

「聡介?」

「調停と言っても、手間と時間は通常の裁判並みにかかるんだ。思い立ってすぐ申し立てる、なんてわけにはいかない。少なくとも三か月以上前には準備に取り掛かっていただろう。調停で言い分が認められればお前を相続人から廃除出来るのに、わざわざ人を雇ってまであんな嫌がらせをする意味があるか？」

「あっ…」

聡介と同じ結論に至ったのだろう。はっと瞠られた黒い双眸に、理解の色が広がっていく。

そう、鴻太郎たちが法的手段に訴えるなら、菖蒲のオフィスを荒らしたり、ましてや従業員を傷付けるのは愚の骨頂だ。犯罪であるのは言うまでもないが、もし露見すれば調停委員の心証は著しく害され、調停が菖蒲に有利に運びかねない。

そもそも、今の段階では、菖蒲はまだ鴎太郎の実子であり、相続人の一人だ。同じ相続人に危害を加えたことが公になれば、鴻太郎たちは相続人の資格を失ってしまう。聡介が鴻太郎たちの代理人弁護士なら絶対にやめろと諫《いさ》めるし、聞き入れられなければ弁護を降りるだろう。

つまり――。

「オフィスを荒らしたのも、従業員を襲ったのも、単なる嫌がらせじゃなかった…ってこと？」

「俺はそう思う。…とは言え、何のためだったのかは、今のところ見当もつかないが…」

賢次郎にはやばや警備を依頼したのは正解だった。単なる嫌がらせではなく何らかの目的…しかも犯罪をも辞さない目的があるとすれば、今後、菖蒲の身辺は危険になる一方なのだから。

何かを考え込んでいた菖蒲が、ふいに質問してくる。

「調停って、どのくらい時間がかかるの？」

「相手の出方や、案件の内容によってだいぶ変わってくるが…」

通常、調停委員は可能な限り双方の落としどころを探り、和解に持ち込もうとするが、鴻太郎たちが応じることは無いだろう。そしておそらく、彼らは菖蒲のDNA鑑定を要求してくるはずだ。昔、鴎太郎が行った鑑定結果が残っているのだろうが、本人の同意を得ずに行った鑑定結果は裁判の証拠としては使えない。適切な施設に改めて鑑定を依頼し、結果が出るまでの時間を鑑みると――。

「…最短で三か月、長ければ半年くらい…だな」

「そうか…。ねえ、聡介。調停が終わるまでの間…ううん、三か月だけでもいいんだ。俺と一緒に、ここで暮らしてくれないかな？」

「……は、あ？」

唐突な願いに意表を突かれ、聡介は万年筆を取り落とした。ころころとテーブルを転がっていったそれを、白い手が受け止める。持ち上げ、聡介の真似をして上下させる。聡介の無骨な節ばった指は勿論、美容に気を遣う女性である理恵の指さえも比べ物にならないほど優雅なのに、妖艶でもあるそれが……絡み付く。

かつて、もっと太いものを扱き、絶頂に導いた時のように。…いや、もっとなまめかしく…。

「情けないんだけど…俺は、怖いんだ」

「…け、警備なら、今日から賢次郎さんが…」

「そういうことじゃない。そういうことじゃないんだよ。ねえ……」

……そ・う・す・け。

煮詰めた蜜のような囁きに合わせ、紫檀の上の花台に飾られた季節外れの白い桜が風も無いのに零れる。菖蒲に手折られ、かりそめの命を与えられた花ならば口もきくのか。半ば本気でそう思い込みかけた聡介の前で、菖蒲の指が…白桜よりも清雅な生きた花びらが、ゆらゆらと揺れる。

「…あや、め…」

菖蒲がいつの間にか席を立ち、背後に回り込んでいたことに、聡介は背中に重みを感じて初めて気が付いた。再会を果たしたあの日、給湯室で手を冷やしてもらった…密着した肌と立ちのぼる花の香りに劣情をそそられ、トイレに駆け込むはめになったあの時と同じ体勢だ。

違うのは、ここがいつ誰が入ってくるかもわからないオフィスではなく、二人きりのリビングだということ。

「俺はね、聡介…次期家元の座も父さんの遺産も辞退すれば、黒塚家の一員になれるかもしれないと期待してたんだ。受け容れて欲しい、なんて贅沢は言わない。せめて、そこに居てもいいと兄さんたちに思ってもらえるんじゃないかって…俺は生まれてから一度も、家族の輪に入れてもらえなかったから」

顎を聡介の肩に乗せ、背後から圧《の》し掛《か》かる菖蒲の右手は曾祖父の万年筆に、左手は聡介の手の甲に這わされている。

百年近い時を経てもなお飴《あめ》のような光沢を保つ黒い胴軸に巻き付く右手が、聡介の目を。いたわるように、そそのかすように手の甲を這い回る左手が、聡介の正気を。ほのかに香る菖蒲の匂いが、聡介の理性を。

　ひたひたと、奪ってゆく。

「…菖蒲、お前は…」

　なんとか正気を保とうとして残酷な事実に気付いてしまい、聡介の胸がちくりと痛んだ。

　父の鴎太郎、長兄の鴻太郎、次兄の隼次郎…黒塚家の男たちは皆、名前に鳥が入っている。鴻《おおとり》は確か白鳥の別称だ。しかし菖蒲だけは、鳥の入った名を与えられていない。黒塚家の一員ではないと、暗に示されている。菖蒲の出自にまつわる噂が蔓延《まんえん》した原因の一端は、一人だけ仲間外れの名前にもあるのかもしれない。

　さながら菖蒲は、大空を羽ばたく鳥の群れに間違って放り込まれた白鹿だ。

「でも兄さんたちは、どんな手段を用いてでも俺を排除したがっている。……調停まで申し立てておきながら襲ってくるのは、ただ単純に、俺を痛め付けたいからじゃないかな」

「馬鹿な…いくらなんでも…」

「そこまでやるはずがない、って？　…俺は、兄さんたちならやりかねないと思ってる。小さい頃、兄さんたちは父さんの目を盗んでは俺を池に突き落としたり、転ばせたりして、俺が苦しそうにすると笑ってた。父さんにばれてからは、陰口を叩かれるだけだったけど」

　ぽう、と灯った怒りの炎が、聡介自身でも戸惑うほどの勢いで燃え上がっていく。

　半分しか血の繋がりが無いのは、菖蒲の落ち度ではないではないか。妬まれても疎まれてもただ家族の一員になることだけを望む菖蒲に、どうしてそこまで惨い仕打ちが出来る？

「…身体は、痛くたって苦しくたって構わないんだ。もう慣れたから。でも、心が…」

「あ、菖蒲」

「心が…、つらいんだ。一人では、きっと耐えられない……」

手の甲をすっと滑った指が、左手ごと聡介の揺れる心を鷲摑《わしづか》みにする。朱鷺色の指先になぞられる万年筆の天冠《てんかん》が、十年前、同じように弄ばれた性器の鈴口を連想させる。

……ああ、駄目だ。それ以上いじられたら…かけがえのないもののように愛《め》でられたら、溢れてしまう。漏れてしまう。内に秘めておくべき奔流が。

「俺と一緒に居て、聡介」

「…っ、ぁ、は…っ…」

出来ない、と言下に拒んだつもりが、零れ出たのはやけに熱っぽい喘ぎだった。誰が聞いても、拒絶しているとは思うまい。今にも屈服させられそうな獲物が、往生際悪く足掻いていると冷笑するはずだ。

「聡介が傍に居てくれれば、兄さんたちが何をしてきても堪えられる。俺を支えて欲しいんだ。…もしも聡介が、今でも俺を大切だと思ってくれるなら…」

——俺はね、聡介が好きなんだよ。友達なんかじゃない。

十年前、別れ際にぶつけられた言葉が、霞みゆく頭をよぎる。あれは本気だったのか？　菖蒲は聡介に何を求めている？　友情、それとも——。

「他の誰でもない。聡介じゃなきゃ駄目なんだ。俺には、聡介しか…」

——聡ちゃんは陽の当たるところしか歩いたことの無い子だから、行く先にぽっかり大穴が空いても気付かず進んじゃいそうで怖い。

十年前の記憶に、賢次郎の不安そうな声が被さる。どういうわけだろう。菖蒲が聡介を大穴に突き落とすなんてありえないのに……繊細な指先の添えられた万年筆の漆黒が、光も差さない穴底にも見える。

「俺のお願い……聞いてくれる、よね……？」

甘い囁きが、どろどろと聡介の耳に吹き込まれる。深い穴の幻影が、たおやかな指に扱かれる性器が、ウツギの花を見上げる菖蒲が、次々とちらついては消えていく。

「……ああ……」

注がれ続けた器から水が溢れるように、聡介は喘ぎとも承諾ともつかない応えを漏らしていた。

菖蒲の行動は迅速だった。

二人の兄に訴えられ、あれほど消沈していたのが嘘のように方々と連絡を取り、一時間もかからず聡介の引っ越しを手配したのだ。聡介が父に電話で状況を説明し終えるより、引っ越し業者が菖蒲のマンションを訪れる方が早かった。週末になれば聡介自身が荷物を纏められるのだが、それまではとても待てないと菖蒲が言い張ったのだ。

「聡介はまだ、これから他の仕事もあるでしょう？　当座の生活に必要なものだけ書き出してくれれば、俺と業者さんとで運んでおくよ。今夜から生活するのに支障無いようにしておくから」

頼もしく請け負った、菖蒲の言葉に嘘は無かった。その夜、午後八時近くに聡介が菖蒲のマンションを訪れると、三つある部屋のうち、一番広い十畳の洋室に聡介の指示した荷物が全て運び込まれていたのだ。

リビングとトイレ以外に入ったのは初めてだが、聡介のために用意されたその部屋も、リビングと同じく和の趣で統一されていた。真綿の絹布団に西陣織のフットスローがかけられたベッドはライティングデスクやチェストと揃いのデザインで、花の透かし彫がずっしりとした木材の重厚感をほど良く和らげている。外の日本庭園を望む出窓には白木蓮《はくもくれん》の活けられた花瓶が置かれ、ほのかな香りを漂わせる。

今日の今日でこれだけの家具を準備する暇など無かったはずだから、ここは元々客間として使われていたのだろう。こんな部屋に案内されれば、理恵や由佳のような若い女性は感激するに違いない。

……俺の前に、誰がここに泊まったんだろうか。

もやっとしたものがちらと胸をかすめるが、それよりも気になるのは……。

「ん、どうしたの？　聡介。何か足りないものでもあった？」

視線を感じたのか、白木蓮の位置を直していた菖蒲が振り返る。

今や聡介に勝る長身を包むのは、洋服ではなく着物だ。淡い藤色から紅藤色に変化していく裾濃《すそご》の着物はしっとりとした縮緬《ちりめん》で、柔らかく馴染む分、洋服よりも身体のラインをなまめかしく浮かび上がらせる。

「あ、…その、着物なんて着るのかと思ってな。今まで、見たことが無かったから驚いた」

「実家だと、生徒さんたちの前に出る時には基本的に着物だったからね。むしろ洋服より馴染んでるんだ」

菖蒲が洋服を着るのは昔から登校中のみで、帰宅すると着物でくつろいでいたそうだ。高校生の頃も、聡介が遊びに来ていなければ着物姿だったという。

「俺が着物姿で出て行くと、地元の友達は何だかそわそわしちゃってたから、聡介の前では洋服でいたんだけど…似合わないかな？」

「…いや、よく似合っている……、と思う」

細めの角帯によって露わにされた腰の輪郭から、聡介はぎこちなく目を逸らす。

陳腐な言葉では言い表せないほど、縮緬の着物は菖蒲の典雅な美貌を引き立てていた。男性用としては派手な部類に入り、普通の男が着たら売れない演歌歌手のようにしかならないだろうが、菖蒲の場合はさしずめ古典文学から抜け出した貴公子だ。

家元の実子ではないと風聞されているにもかかわらず、菖蒲を次期家元に推す幹部が少なからず存在する理由に、改めて合点がいった。菖蒲が家元に就任すれば、この貴公子めいた美貌を一目拝もうと、入門希望者が殺到するのは間違いない。

菖蒲の依頼を引き受けるに当たり、聡介は春暁流の公式ホームページを閲覧してみたが、掲載されていた鴻太郎と隼次郎の写真はお世辞にも美形とは言い難い中年男だった。彼らが菖蒲を危険視し、目の敵にするのも頷ける。

地元の友人が落ち着きを失ったのも、この優美な姿に魅了されてのことだろう。菖蒲は昔から自分の容姿の威力には無頓着だったから、思い至らなかったのかもしれないが…。

「……本当に？」

ぱちくりとした菖蒲が、白い歯を見せた。何がおかしかったのだろうか。聡介の疑問を敏感に読み取ったのか、菖蒲は白木蓮の花びらをちょんとつつく。

「聡介が誉めてくれるなんて思わなかったから、驚いちゃって」

「俺だって、いいと思えば誉めるが」

「そうかなあ？　聡介って彼女がデートで気合入れてお洒落をしてきても全然誉めなくて、ぶうぶう言われるタイプだと思ってた」

「…お前は、俺を何だと…」

抗議しかけて、聡介はふと違和感を覚えた。過去、付き合っていた恋人——賢次郎曰く、菖蒲に似ていたという彼女たちの存在を、自分は菖蒲に話しただろうか。

だが、小さな疑問はすぐに霧散する。いい歳をした男なら女性経験があって当たり前だ。菖蒲にだって、この高級旅館顔負けの部屋に泊まらせるような存在が居たのだろうから。

言葉に詰まってしまった聡介を矯《た》めつ眇《すが》めつしていた菖蒲が、ぽんと手を打ち、おもむろに提案する。

「そうだ。俺のを貸してあげるから、聡介も着てみたら？　聡介、剣道着似合ってたから、着物もきっと映えると思うよ」

「本気か？　そんな着物、俺に似合うわけがないだろう」

汗を流すための刺子《さしこ》の剣道着と、菖蒲が纏う絹の着物とではもはや次元が違う。部屋着にしてくつろげるほど着慣れてもいない。

「似合うよ。必ず」

絶対に断りたかったが、断言する菖蒲の楽しそうな顔を崩したくないと思った瞬間、聡介の首は縦に振られていた。

「…菖蒲が、そこまで言うのなら」

「いいの!?　じゃあ、ちょっと待ってて！」

聡介がややたじろぐほど歓喜を露わにした菖蒲は、紅藤色の裾を器用にさばきながら部屋を出て行ったかと思えば、菊の花が箔押《はくお》しされた畳紙《たとうがみ》と、大きな取っ手付きのケースを持って帰って来た。

畳紙に包まれていたのは、渋い泥藍染の大島紬の袷《あわせ》と襦袢《じゅばん》、そして博多織の角帯だ。菖蒲が今着ているような華やかな染めの着物だったらどうしようかと案じていたので、密かに胸を撫《な》で下ろす。

わからないのは一緒に持参してきたケースだ。白い革製のシンプルなデザインのそれは、女性が化粧品などを収納しておくメイクボックスだと思うが…。

「…もしかして、化粧までさせるつもりなのか？」

「あはは、まさか。これは俺の商売道具だよ」

「商売道具？」

「そう。しばらく一緒に居られることになったし、いい機会だから俺の仕事について少し知っておいてもらった方が良いかと思ってね」

準備をする間に着替えてくれと言われ、聡介は怪訝《けげん》に思いつつも従った。剣道で和服には馴染んでいたし、和装を好んでいた祖父に手解きを受けたこともあるから、着流し程度ならなんとかなる。

「……おお」

部屋に置かれていた姿見に全身を映すと、思わず感嘆が漏れた。

男性用の着物は、女性と違っておはしょりが無いのであまり丈の調整がきかない。聡介より長身になった菖蒲の寸法なら裾を少々引きずるかもしれないと覚悟していたのだが、泥藍染の大島紬は誂《あつら》えたようにぴったりだ。柄も渋い亀甲《きっこう》で、聡介の筋肉質な長身に合っており、写真で見た曾祖父の若い頃に少し似ている気がする。

「わあっ……！」

準備を終えたらしい菖蒲が、歓声を上げながら聡介の回りをくるりと一周する。

「いいよ、聡介。すごくよく似合ってる！」

「…そ、そうか？」

自分ではそこまで似合うとは思えなかったが、父や異母兄たちのことで暗くなりがちな菖蒲が華やいだ顔をしてくれるなら悪くはない。

「じゃあ、次は俺の仕事の紹介だね。聡介、ちょっとそこに座ってくれる？」

ひとしきり誉めそやしてから、菖蒲は聡介を部屋の中央に置かれたテーブルセットの椅子に座るよう促した。

聡介が従うと、自分も向かい側に腰を下ろし、白革のメイクボックスを丸テーブルにどすんと置く。丸テーブルには聡介が着替えている間に湯の張られたフィンガーボウルと、聡介には用途の見当もつかない道具が幾つか並べられている。

「聡介は、ネイルについてどのくらい知ってる？」

「どのくらいと言われてもな…」

ぱっと思い浮かぶのは、節子や理恵たちが施していた控えめな可愛らしいネイルだ。結婚式などでは、招待客の女性が伸ばした爪をラメやらストーンやらでごてごてと飾り立てているのも見かけたことはあるが、聡介にはどれも区別がつかない。

「うん、興味の無い男性ならそんなものだよね。ネイルの種類は説明しだすと長くなるから省くとして、サロンで施術を受ける場合は、どのメニューでもまずネイルケアから入るんだ。流れとしてはカウンセリングからファイリング、クリーンナップ、カラーリングだね」

「カウンセリングに…ファイリング？」

カウンセリングはなんとなく想像がつくが、それ以外は何が何やらさっぱりだ。混乱する聡介に、菖蒲はくすりと笑い、消毒用のエタノールを吹きつけたコットンで自分の両手を拭った。ぴくぴくと跳ねる指先が、妙に艶めかしい。

「百聞は一見に如《し》かず、だよ。はい、手を出して」

「あ、……ああ」

促されるがまま差し出した聡介の手を、菖蒲は新しいコットンで拭っていく。手の甲から掌は勿論、指と指の間から指先まで余すところ無く、丹念に。

エタノールの染み込んだコットンの冷たさと、時折かすめる菖蒲の指先の温もりが、聡介を妙に落ち着かなくさせる。人差し指の先端をマッサージするようにコットンごと軽く握られ、反射的に引っ込めそうになった手を、しっとりとしたものが包み込む。

「…っ…」

「駄目だよ、聡介。じっとしてて……ね？」

ひたと合わされた黒い瞳に吸い込まれそうになり、たまらず首を縦に振ると、絡み付いていた菖蒲の指はするりと離れていった。菖蒲は再び作業に入り、右手を拭い終えると、今度は左手に取り掛かる。

「次はファイリングと言って、爪の形を整えていくんだけど、聡介は好みの形がある？」

「…爪の形って、そんなに種類があるものなのか？」

「スクエア、スクエアオフ、ラウンド、オーバル、ポイントの五つあるね。好みによるけど、男性のお客様はたいていラウンドかな」

一番一般的な形だというので、聡介はラウンドを選んだ。タオルに包んだアームレストに右手を置き、施術しやすいよう指を伸ばす。

「男がネイルサロンに通ったりするのか？」

顔を逸らしながら問いかけたのは、エメリーボードで爪のラインを整えていく菖蒲の眼差しに耐え切れなくなったからだ。熱のこもった真摯なそれに自分の指が晒されていると思うだけで、居たたまれないような、腹の底が疼くような不思議な感覚に襲われる。

「女性に比べたら格段に少ないけど、一定数はいらっしゃるよ。最近は美容意識の高い男性が増えてきたし、営業とか、人前に出ることの多い職業の方は熱心にケアを受けていかれるね。…聡介は、受けたこと無さそうだけど」

「確かにそうだが…爪なんて、爪切りで短く整えておけばじゅうぶんだろう」

「爪切りはお勧めしないな。深爪しやすいし、二枚爪にもなりやすいから」

「…じゃあ、どうやって爪を短くするんだ？」

聡介が首を傾げると、菖蒲は綺麗な半円形に整えた親指をダストブラシで払い、人さし指の爪のラインをエメリーボードで整えながら答える。

「それは勿論、こうやって削るんだよ。一週間に一度くらいの割合でファイリングすれば、爪の長さは維持出来るから」

「一週間に一度……」

はっきり言って面倒臭い。聡介のような無骨な男の爪なんて、爪切りでじゅうぶんだろう。手間暇かけてケアする価値も無い。

菖蒲のように、女よりも白く美しい手ならまだしも……。

「…大丈夫だよ、聡介」

誘惑を拒みきれず、器用にエメリーボードを操る手元を盗み見た瞬間、菖蒲の声がどろりと甘美に蕩けた。

「ここに居てくれる間は、俺が欠かさず手入れしてあげるから」

「俺なんかに、そこまでしなくても…」

「…相変わらず、聡介は自分の価値がわかってないなあ」

しゅっ、しゅっと爪を削る音がにわかにやみ、エメリーボードがテーブルに置かれた。

——見るな。逸らせ。

本能が警告を発するが、逃れられるはずがない。そっと聡介の右手を持ち上げ、愛《いと》しげに頰をすり寄せる菖蒲から。…絡み付く、そのしなやかな指から。

「こんなに可愛い手を、どうして荒れさせておけるの？」

「……ぁ…っ！」

親指の付け根を濡れた生温かい舌にねろりと舐め上げられ、抑え込んでいたはずの疼きが快感の波と化して押し寄せる。

びくん、びくんと勝手に跳ねる聡介の手は、まるで蛇に丸呑みにされかけた憐《あわ》れな子鼠だ。もがいても、のたうっても抜け出せない。長くしなやかな指が、蛇の尾さながら巻き付いているから。

ネイリストとして成功するわけだ。この極上の男に恭しく手を取られ、美しく磨き上げられる間、間近で繊細な美貌を思う存分眺めていられる。夢のようなひとときを味わえるのなら金に糸目をつけないという人間は、掃いて捨てるほど居たに違いない。

…いや、過去のみならず、今もきっと。菖蒲自らが担当する顧客は、皆、菖蒲という麻薬に侵された中毒患者だ。

「手にはね、その人の全部が出るんだよ。年齢は勿論、性格とか癖とか生活習慣とか…」

「…あ、菖蒲…、だ、駄目、だ…っ」

「聡介の手は皮が普通よりも厚めで硬い。剣道の稽古を続けてるんだね。両手とも親指と人差し指の爪が他よりもほんの少しだけ短い…忙しいだろうに、今も暇さえあれば読書をしてるのかな」

ねちゅ…、くちゅ…、と紅い舌が這い回るたび、家族くらいしか知らないはずの生活習慣が一つ一つ明かされていく。

……こいつ、本当は心でも読んでいるんじゃないのか？

溢れそうになる喘ぎを必死に噛み殺す聡介の頭に、ふと、そんな考えがかすめる。らちも無い、と笑い飛ばすことは出来なかった。菖蒲はことごとく真実を言い当てていたからだ。

「…やめて、くれ……お願いだから、もう……」

みっともないくらい甘ったれた懇願が、喉奥から溢れ出る。このまま菖蒲の舌に責められたら、見透かされてしまいそうだった。心のみならず、疼く股間も、ざわめく身体も……秘めておきたい全てを。

だが、菖蒲はにべも無い。

「どうしてやめなくちゃいけないの？　俺は当然のことをしているだけでしょう？」

「…当然、だと…っ…？」

「そうだよ。聡介の可愛い手を、しっかり手入れしてあげないと。荒れないように…いつでもしっとりと潤ってかさつかないように…、ね」

「う……、ぁっ！」

執拗に舌を這わされていた右手の薬指が、ぬぷん……と紅い唇に咥《くわ》え込まれていく。菖蒲の粘膜を聡介が侵す。

淫靡極まりない光景に身体は火照り、燃え上がる。聡介自身の意志すら置き去りにして。

「ん…ちゅっ、ふ…、んん…」

それでも、快感を得ているのが自分だけならまだ踏みとどまれたかもしれない。けれど、聡介のごつい指を頬張り、美味《おい》しい美味しいともぐもぐする菖蒲が紅い唇から悩ましい喘ぎを漏らし、頬を上気させているのでは、どこにも逃げ場が無い。

「…ねぇ…、聡介。やめて欲しいのなら、俺のお願いを聞いてくれる？」

だから、しゃぶっていた指を名残惜しそうに解放した菖蒲がそう問いかけてきた時、聡介は飛び付いたのだ。性器は下着の中で半ば勃ち上がり、先走りをしたたらせて、借り物の着物に恥ずかしい染みを作ってしまうかもしれない瀬戸際だった。

「あ…、ああ、何でも…っ」

「本当？　嬉しいな……じゃあ、今日から毎日、聡介の手入れをさせてね」

「は、……えっ？」

「手入れだよ。俺が聡介を磨いて、潤おして、綺麗にするの。……いいよね？」

唾液まみれにされた指をなぞり上げられながら念を押され、聡介はゆるゆると頷いた。

毎日菖蒲に手をケアされるのはなかなかきついものがあるが、醜態を晒した上、高価そうな着物を

汚すよりは遥かにましだと思ったのだが――。

それは、間違いだった。

「…な…っ、菖蒲っ…!?」

ついと立ち上がった菖蒲が丸テーブルを押しのけ、跪《ひざまず》くと、聡介の大島紬の裾を割ったのだ。しかも、露わになった脛《すね》に何の躊躇いも無く口付け、不遜な要求までしてのける。

「何をしてるの、聡介。脚を開いて」

「お前…、何を言って……」

「手入れさせてくれるって、言ったでしょう？　…あれは、嘘だったの？」

嘘ではない。確かに言った。けれどあれは――。

「つ…、爪の手入れじゃ、ないのか…？」

「勿論、爪もだけど……俺、手入れするのは爪だけだなんて、一言も言ってないよね？」

「そんな、…ぁっ…」

筋肉質な脛の内側をそろそろと撫でていた手が、するりと奥へ入り込む。

無防備な内腿《うちもも》は、女のように柔らかくもなめらかでもない。ただ硬いだけだろうに、僅かについた肉に指先をめり込ませたり、揉んだり擦ったりして一体何が楽しいのか。楽しいのは、むしろ。

「あっ…、…あ、…っ」

……考えるな。考えたら駄目だ。

ひっきりなしに喉奥から溢れそうになる喘ぎを飲み下しながら、聡介は唇を噛み締める。

だが、歯止めをかけようとすればするほど、脳は勝手に想像してしまう。薄い布を隔てただけの向こう側で、妖しくうごめく菖蒲の手を。指を。

「あ、アッ…！」

脚の付け根の柔らかな肉を長い指先がつつき、更に奥へ進んでいこうとする。このままでは、このままでは……先走りに濡れた下着の中まで、菖蒲の手が……！

「ほら…開いて、聡介」

唇を笑みの形に歪ませた菖蒲が、ぺちんと聡介の内腿を叩いた。

「…う、あ…ぁ、菖蒲…」

「約束したんだから、俺には聡介の全部を好きに手入れする権利があるんだよ。……ここ、つらいんでしょう？　見せてくれれば、手入れしてあげる」

「…て、いれ…」

「そう。……俺がするのは全部手入れだよ。聡介が依頼人から事情を聞くのと同じようなもの。だから、何も恥ずかしくなんてない」

……これは手入れ。恥ずかしいことじゃない。ただ、約束を守るだけ……。

心の中で復唱したとたん、僅かに残っていた抵抗は淡雪のように溶け去った。代わりに聡介を支配したのは、全身がぐずぐずに腐り落ちてしまいそうなほどの焦熱だ。

——見たい。拝みたくてたまらない。あの手が、あの指が、興奮しきった聡介の汚らわしいものに絡み付き、愛撫《あいぶ》する淫靡極まりない光景を。

「…は…、あ…っ…」

聡介は座る位置をじょじょに前へずらしながら、体内に充溢《じゅういつ》していた熱を吐息と共に漏らした。自ら開くまでもなく、両の脚は大島紬の裾を割り、広がっていく。

「ふふ……っ」

――いい子。

凄艶な囁きと、脚の付け根から下着の中へ侵入していく白い手が、霞がかっていく聡介の脳を揺さぶった。

灰色のボクサーブリーフのフロントは、聡介が恐れていた通り先走りでしとどに濡れ、恥ずかしい染みが広がりつつある。まるで粗相でもしてしまったかのようだ。普段の聡介なら、羞恥で頭を掻《か》き毟《むし》りたくなったかもしれない。

「俺に触って欲しくて、こんなにびしょびしょにしちゃったんだね。…昔と同じ。可愛い……」

「…う…、あっ！」

けれど、迷わず聡介の脚の間に入り込んだ菖蒲に潤んだ瞳で見上げられ、すすり泣く性器をやわやわと揉みしだかれると、誇らしさと歓喜が同時に湧き起こるのだ。

…菖蒲が喜んでくれている。菖蒲を喜ばせている。その事実が、全身の血をふつふつと煮えたぎらせ、遠い記憶を呼び覚ます。

暇さえあれば菖蒲のマンションに通っていたあの頃、制服のズボンを穿いたまま性器をなぶられ、下着を濡らすのは日常茶飯事だった。菖蒲は濡れた下着を甲斐甲斐しく脱がせ、聡介が止めるのも聞かずに口付けた後、おもむろに性器を愛撫してくれたのだ。

「はぁっ…、は…っ、あ、菖蒲…、菖蒲…」

聡介のものに絡み付く菖蒲の手をじかに見たいのに、菖蒲はいっこうに下着を脱がせようとしてくれない。もどかしくて腰をよじると、はぁ…、と、菖蒲が濡れた下着越しに悩ましい吐息を吹きかけてきた。

「……聡介……」

極上の絹地よりもなめらかなあの舌で、愛撫してくれるのか。また、十年前と同じ快楽を与えてくれるのか。

聡介の予想はある意味で当たり、ある意味では外れていた。菖蒲は膝立ちになるや、丸テーブルの上のメイクボックスを開け、中に収まっていたマニキュアの容器の一つを選び出したのだ。十年前、二人が戯れる際、菖蒲が決まって指先に塗っていたのと同じ——紅いマニキュアの容器を。

「……ハ、…ッ…」

どこかから、何時間もお預けを喰らって飢えた野良犬にも似た荒い息遣いが聞こえてくる。理性も何も全てかなぐり捨て、目の前の餌しか眼中に無いような。

「ハァ…ッ、はっ、は…ァ、ハァ、ハッ」

それが己の口からとめどなく溢れているのだと気付いても、聡介はうっすらと開いた唇を閉ざすことさえ出来なかった。ただ、見詰めていた。かざした己の朱鷺色の指先に、小さな刷毛《はけ》でマニキュアを塗っていく菖蒲を。紅く染められていく、形の良い爪を。

「…ねえ…、聡介…どうして、俺がネイリストになったと思う？」

数分もかけず、十本の指全てにマニキュアを塗り終えた菖蒲が、おもむろに両の手を突き出した。紅く染め上げられた爪先を見せ付けるように、手の甲をこちら側に向けて。

「…あ…、あや、め…っ…」

脳内で再生されては弾け飛んでゆく、十年前の記憶。絡み付く指。一人では…女と交わっても決して得られない悦楽。妖しくうごめく、紅い花。

永遠に失ったはずのあの紅い花が——今、聡介の目の前で咲いている。

「……忘れられなかったからだよ。聡介のことが…、どこに居ても、何をしていても……」

「あ…、ああ、あぁ……っ！」

短い髪を乱し、ぶんぶんと激しく頭を振りながら床に滑り落ちた聡介を、見た目よりずっと力強い腕が支えた。袖口から無防備に覗く、妙に官能的な腕のライン。漂う甘い匂い。重なり合う眼差し……菖蒲の全てが、聡介の理性を削り取っていく。

「…菖蒲…っ…！」

……お前もなのか。忘れられなかったのか。ふとした瞬間、あのめくるめく甘い時間を反芻《はんすう》しては身悶《みもだ》えていたのか。誰と肌を重ねても発散しきれない熱を、持て余していたのか。

「聡、介……、っん、う、……んっ……」

しゃにむに突進した聡介を、菖蒲は受け止めてくれた。歯をぶつけてしまいそうな勢いで唇を重ね、誘うようにうっすらと開いた隙間から舌を潜り込ませる。高校生の頃だって、ここまでがっついてはいなかっただろう。菖蒲も内心、呆れているかもしれない。

だが、羞恥も理性も、歯止めになどならなかった。夢中で舌と舌を絡め、甘い唾液を啜る。呼吸を奪い合う。二人でなければ――菖蒲と一緒でなければ味わえない甘美な愉悦にどっぷりと浸る。それだけしか考えられない。

女よりも柔らかい唇は十年前と同じ…否、いっそう甘く聡介を酔わせる。かつてはどうにか保っていられた理性が、脳髄から溶かされてしまう。

それでも、頭のどこかが冷静なのは、がっつく聡介をよしよしとあやすような舌の動きが、以前よりも巧みになったように思えてならないからだ。…十年は長い。聡介だって、三人の女性と付き合った。誰をも惹き付けてやまぬこの男が、ずっと一人で居たわけがない。菖蒲にその気が無くとも、女の方が放っておかない。

……いや、女だけじゃない。男だって……。

「…は…ぁっ、…菖蒲……!」

聡介はもどかしげに菖蒲から離れ、胸糞悪い想像を追い払うと、再び唇をぶつけた。もはや、口付けなんて上等なものではない。ただ本能の赴くまま、菖蒲を貪っているだけだ。

「あ…、聡介、…っ…」

何か言葉を発しようとした唇は、その前に塞いでやった。混じり合う互いの唾液を、菖蒲は微塵の嫌悪も示さず、従順に飲み下す。

聡介はそっと手を這わせ、上下する喉の感触を愉しんだ。この気品に満ちた男がこんな真似をするのは、きっと自分相手の時くらいだろうと思うと、やけに興奮する。さんざんなぶられていた股間がぼたぼたと涎《よだれ》を垂らす。

「……っ、ぁっ！」

痛いくらいに勃起したものを出し抜けに握り込まれ、長い口付けは強制的に中断させられた。

……まだ、味わっていたかったのに。

恨みがましい目つきをする聡介に、菖蒲は妖艶に微笑む。

「…もっと、気持ち良くしてあげるから」

「え、……あぁっ……」

まるで、魔法にでもかけられたかのようだった。人より恵まれた体格の、今も剣道の鍛錬を欠かさない聡介の長身が、とん、と菖蒲に軽く押されただけで仰向《あおむ》けに倒されてしまう。着崩れた大島の裾から、筋肉質な長い脚をさらけ出して。

「…可愛いよ、聡介…」

うっとりと目を細め、菖蒲は聡介の両脚を担ぎ上げた。そのまま腰を浮かされ、裾が完全にまくれ上がってしまったせいで、ぐしょ濡れの下着と盛り上がった股間が露わになる。

「あ…、ぁっ…」

「恥ずかしがらなくていいんだよ。聡介の手入れは、俺の特権だからね…」

紅く染まった指先が、下着のウエストを割り、中へと這い入っていく。綺麗に塗られていたはずのマニキュアは、所々毛羽立ち、剝げかけた部分もあった。見苦しいはずなのに、乾ききらないうちにこんな行為に及んだせいだと思うだけで興奮を煽られる。

「…あの頃と同じ。ふふ…っ…、俺の手の中でびくびくっとして、早くイきたいって泣いてるね…」

「あ…、や、やめ…ろぉっ…」

聡介がぷるぷると羞恥に震えるのも構わず、菖蒲は今にもはち切れそうな性器を握り込み、やわやわと揉みしだく。まだ何も知らない少年だった頃の記憶をなぞるように。

「…あっ、…は…ぁっ、あっ、…あ、あ…」

「聡介…、聡介っ…」

びくんびくんと跳ねる聡介の内腿を、さっき貪り尽くしたばかりの唇が吸い上げ、紅い痕を幾つも刻んでいく。その間も股間を弄ぶ手は止まらず、濡れた薄い布地越しにぐちゅぐちゅと聞くに堪えない粘着質な水音が響き、聡介の耳を犯した。

……あぁ…、何だこれは…、こんな、こんなの……。

十年前は、ここまではしなかった。互いに触れ合いはしたが、目的はあくまで欲望を発散することであり、性器以外に触れるのはその延長線上の行為に過ぎなかったのだ。

……でも、これは…まるで、本当に、セックスしているような……。

「あぁぁ…、あっ…、ああっ、菖蒲…っ、菖蒲…」

盛り上がった布地の中で菖蒲の手が蠢動《しゅんどう》するたび、快感が全身を駆け抜ける。

否応無しに見せ付けられる光景は、蕩けかけた頭には刺激的すぎた。濡れた下着という隔てがあるからこそ、脳はより鮮明に描き出す。紅く染まった指先が聡介を絡め取り、絞り上げる様を。聡介の性器を喰らって咲き誇る、紅い花を。

「あっ…、ああ、…あぁー…っ…！」

先端のくびれをきゅっと締め上げられた瞬間、聡介は溜め込んでいた熱を解き放った。いつもならすぐに済む放出が、今日に限ってなかなか終わってくれない。聡介の精液にまみれた紅い花。その白と紅の鮮烈な対比が、脳内にちらつくせいで。

「……どう、して、こんなこと、を……」

菖蒲の胸にぐったりともたれかかりながら漏らした呟きは、完全な言いがかりだった。無理矢理にでも他のことを考えなければ、際限の無い妄想と熱に頭を支配されてしまいそうだったのだ。

けれど、菖蒲はそうは取らなかった。

「聡介。……あの日、俺が聡介のことが好きだと言ったのは、嘘だと思ってる？」

「…えっ…」

あれは、聡介を追い返すための嘘ではなかったのか。驚きに顔を上げると、かつてないくらい真摯な眼差しに射竦められる。

「大貫を殴ったのは、聡介に知られたくなかったから。…母親の浮気で生まれた挙句、俺のせいで母親を死なせたなんて。たとえ、地元では公然の秘密だったとしても」

「…お前には、何の責任も無いだろう。そんなことで、俺はお前を軽蔑なんてしない」

「聡介なら、きっとそう言うと思ってた」

ほのかな笑みに、何故かわななく背中を、菖蒲は撫で上げる。その手がついさっきまで聡介のものに喰い付いていたのだと思うと、また別の悪寒に背中が震えた。弁護士として培ってきたはずの理性は、一体どこへ行ってしまったのか。

「…でも俺は、嫌だったんだ。他の誰にばれたっていいけど、聡介にだけは知られたくなかった。だって聡介は、ちゃんとした家庭で愛されて育ったから…俺みたいな日陰者には、無意識に嫌悪感を抱くんじゃないかと思ってた」

「そんなこと…！」

あるわけがないだろう、と抗議しかけ、聡介は口を閉ざした。賢次郎の言葉が、唐突によみがえったのだ。

——聡ちゃんは陽の当たるところしか歩いたことの無い子だから。

賢次郎は性格こそ破綻しているが、人を見る目だけは確かだ。聡介は菖蒲を、根本的なところで理解出来ない。そういう意味だったのだろうか？

「俺はね、聡介。色々なものがきちんと見えてるのに、まっすぐにしか進めない…そういう聡介が好きだよ。十年前から、ずっと」

黙ってしまった聡介の前髪を掻き分け、露わになった額に、菖蒲は唇を落とした。視界の端でちらつく紅い指先が、果てたばかりの股間を再び疼かせる。

「…す…、好き…って、どういう、意味なんだ…」

友情なのか？　それとも——恋愛感情なのか？

どちらとも判断出来ず、戸惑う聡介の頰を、紅い指先がなぞり上げる。

「さあ…？　どういう意味なのか、聡介が考えてよ」

そのためにもずっと俺だけを見詰めていて、と微笑む菖蒲は、気が遠くなりそうなくらいに美しかった。


初日からひと波乱あったものの、菖蒲との同居は、意外にも聡介の肌に合った。

弁護士が過労死でもしたら洒落にならない、という父の方針により、聡介は普段十八時の定時で上がり、帰宅するのが日常である。

対して菖蒲は時折上得意の顧客にケアを施しに行く以外、マンションからほとんど出ない。警護の都合上、なるべく外出を控えてもらっているのもあるが、もとから在宅勤務が基本だったのだそうだ。従業員が不審者に襲われたのは、なかなか出社しない菖蒲の身代わりにされたのかもしれない。

大勢が忙しく立ち働くオフィスというゆとりに欠けた空間が、菖蒲はあまり好きではないのだという。用があれば部下の方からマンションを訪れるか、さもなくばインターネット電話でじゅうぶんこと足りるらしい。

運転手付きの高級車を所有していながら、出不精。毎日通勤ラッシュに耐えているサラリーマンが聞いたら怒り狂いそうだが、そのおかげで聡介と菖蒲の生活のリズムはうまく嚙み合っているのだ。

「お帰り、聡介。今日も一日お疲れ様」

同居を始めてから半月余り。事務所から自宅ではなく元麻布のマンションに帰宅し、菖蒲に出迎えられるのにもすっかり慣れた。とはいえ、着崩れてもいないのにどことなく婀娜《あだ》めいた和服姿には、未だにどきりとしてしまうのだが。

今日の着物は藤紫の地に白い鳥と薔薇《ばら》の模様を散らした、縮緬の袷だ。地の藤紫にはアール・デコ風の幾何学模様が織り込んであり、女性が纏ってもおかしくない華やかさである。これほど違和感無く、しっとりと着こなせてしまう男など、菖蒲くらいだろう。

「ああ、ただいま。これ、頼まれてた三つ葉」

僅かに素肌を覗かせた襟元からさりげなく視線をずらし、聡介は三つ葉の入ったビニール袋を差し出した。帰途につく直前、菖蒲からメールで頼まれ、近くのスーパーに寄って購入してきたものだ。

菖蒲は破顔し、大事そうに受け取った。

「ありがとう。ごめんね、疲れてるところにお使いなんてお願いしちゃって。この前注文したつもりだったんだけど、うっかり忘れてたみたい」

「気にするなよ。毎日食事を作ってもらってるんだから、これくらい当然だろう」

同居するに当たり、聡介は家事の分担を申し出たのだが、菖蒲は『こちらが無理を言って同居してもらうんだから、俺が全部やるのが当然』と主張して譲らず、結局、聡介の方が折れたのだ。

聡介の部屋にはさすがに立ち入らないものの、室内は常に清潔に保たれ、栄養と季節感を重視した食事が朝晩しっかりと供される。それも家政婦任せではなく、菖蒲自身が作っているというのだから驚きだ。十年前は料理など出来なかったはずだが、引きこもっている間も美味《うま》いものを食べたい一心で腕を磨いた結果、玄人はだしの腕前に到達したらしい。

はっきり言って、父親と二人暮らしの男所帯より遥かに居心地が良いのだ。食費や光熱費はさすがに折半させてもらっているが、たまにお使いを頼まれる程度ではまるで釣り合いが取れていまい。

「料理は俺の趣味だから、食べてくれる人が居て嬉しいくらいなんだけどね。もうすぐ晩ご飯出来るから、着替えてきて」

「わかった」

促されるがまま部屋に引っ込み、スーツから部屋着に着替える。縞《しま》織の結城《ゆうき》紬は、菖蒲が自分のお下がりだと言って譲ってくれたものだ。部屋着にするには高級すぎると思うのだが、紬は元々どれほど高価でも正式な場には着て行けない遊び着だから構わない、と押し切られた。ジーンズかスウェットみたいなものだと思ってよ、という意見には頷けなかったけれど。

仕上げに博多帯を締め、ダイニングに向かうと、テーブルには夕食の準備が整っていた。今晩は白身魚のちり蒸し、筍《たけのこ》ご飯、フキと厚揚げの煮物、青柳と分葱《わけぎ》のぬたという、春の食材をふんだんに取り入れたメニューだ。聡介が買ってきた三つ葉は、新わかめをたっぷりと用いたすまし汁の薬味としてあしらわれている。

「相変わらず、手が込んだ料理ばかりだな。もっと簡単なものでいいんだぞ？　在宅とは言っても、お前も働いているわけだし…」

「一日外で頑張ってきた聡介に、手を抜いたものなんて食べさせられるわけないでしょう？　それに…好きな人には、美味しいものを食べてもらいたいし」

テーブルの向こう側から意味深長に微笑みかけられ、聡介の心臓はどくりと高鳴った。

——どういう意味なのか、聡介が考えてよ。

同居一日目にそう迫られて以来、聡介は菖蒲の一挙手一投足に見入らずにはいられなくなってしまった。我ながら過敏になりすぎていると思うのだが、やめられない。菖蒲が自分をどう思っているのか…好意の正体は友情なのか愛情なのか、探らずにはいられないのだ。

『先輩、彼女でも出来たんですか?』

今日はとうとう、帰り際、雪也にそんな問いまで投げかけられてしまった。驚く聡介に、雪也は苦笑して言ったものだ。

『最近、やたらと携帯を気にしているし、仕事を持ち帰らなくなったし、一時期よりずっと顔色が良くなったじゃないですか。彼女が出来たのかって、誰でも疑いますよ』

自分ではいつも通りに振る舞っているつもりだったのに、周囲には丸わかりだったらしい。どうりで節子が時折こちらを見てはにやにやしたり、由佳や理恵たちの態度がぎこちなかったわけだ。彼女なんて居ない、と雪也には言い張って帰ってきたが、そういうことにしてあげますよと言いたげだった表情からして、絶対に信じていないだろう。

「いただきます」

二人で手を合わせ、夕食を食べ始める。

手の込んだ美味な料理に舌鼓を打ちつつも、聡介の目は気付けば追いかけている。菖蒲の優雅な箸使いや、漆塗りの汁椀《わん》を品良く啜る唇を。箸や食器に添えられた、朱鷺色の指先を……。

「…そ、そう言えば、戸籍謄本は取っておいてくれたか?」

ふいに顔を上げた菖蒲と目が合ってしまい、聡介は慌てて新たな話題を振った。戸籍謄本は、相続や身分関係絡みの訴訟では必ず必要になるデータだ。今回の場合は、菖蒲の戸籍上の父親である黒塚鴎太郎に菖蒲たち以外の相続人、つまり認知した非嫡出子や養子が存在するかどうか確認するために使われる。

父親が亡くなった後、相続のために戸籍を取ってみたら異腹の兄弟姉妹の存在が判明したり、いつの間にか他人と養子縁組していたりというトラブルは、よくあるケースだ。菖蒲からの依頼を受けるに当たり、すでに戸籍謄本は取ってもらってあるのだが、ここ数日のうちにまた取っておくよう頼んでいた。

親族トラブルがこじれてくると、単なる嫌がらせのために自分の子、すなわち親にとっては孫を親と養子縁組させる、といった暴挙に出る者も多いからだ。菖蒲の二人の兄たちは結婚しており、それぞれ子も儲けているので、念には念を入れた形である。

「うん、昼間取っておいたよ。部屋にあるから、後で渡すね」

「わかった、ありがとう。…警備の方はどうだ？」

「おかげさまで、怪しい人影も全然出没しなくなったし、オフィスや店舗にも異常は無いよ。賢次郎さんにもとても良くしてもらってるし」

賢次郎は菖蒲が聡介の新たな恋人だと決めてかかっているふしがあり、しばしば自ら警備に参加しては、菖蒲の部屋に上がり込み、ちゃっかりお茶をご馳走《ちそう》になっているのだ。ある日の昼間、仲良く茶を飲む菖蒲と賢次郎の写真が携帯に送られてきた時には度肝を抜かれた。

多忙なくせに何を考えているのか理解に苦しむが、仕事には真面目な賢次郎のおかげで、聡介は平常心を保ったまま夕食を終えることが出来た。二人で後片付けを済ませてから、菖蒲の部屋に移動する。

「はい、これが今日取った分の謄本だよ」

ソファに座らせた聡介に、菖蒲は蒔絵《まきえ》の手箱を渡した。菊花の模様を散らしたそれは、審美眼とは無縁の聡介でも一流の職人が手掛けた逸品だとわかるが、ずいぶん使い込まれた古いもののようだ。まだ若い菖蒲の持ち物には、あまり相応しくない気がする。

「……ああ、それはね」

聡介の訝しげな眼差しに気付いたのか、菖蒲は懐かしそうに教えてくれた。この菊花の手箱は半年ほど前、まだ元気だった父の鴎太郎が贈って寄越したものだと。菖蒲が珍しく出演したテレビ番組を、偶然見かけたらしい。

「父さんが先代の家元…俺の義祖父から譲り受けて、長い間大切にしていたものをくれたんだ。ネイリストとしての俺を認めてもらえたみたいで嬉しくて、それからずっと、大切な書類を保管するのに使ってるんだよ」

「……そうだったのか」

「兄さんたちは信じてくれないだろうけど、俺は父さんの遺産なんて本当に要らないんだ。一番大切なものは、もうもらえたと思っているから」

儚く微笑む菖蒲に、言いたいことは山ほどある。

確かにこの手箱は、家元の持ち物に相応しい雅《みやび》な一品かもしれない。だが、菖蒲が本来父の鴎太郎から受け継ぐべき遺産は、法定相続に従えば全財産の三分の一であり、手箱一つとはとても釣り合わない。菖蒲の持分まであの強欲な兄たちが奪い取っていくのだと思うと、はらわたが煮えくり返る。

しかし、接する時間が飛躍的に伸びたことで、聡介も身に染みて理解した。菖蒲が本当に望んでいるのは金銭でも家元の地位でもなく、父親の愛情…家族の情愛なのだと。

だから最初から遺産を放棄すると主張し、父からもらった唯一の贈り物である手箱を大切にしているのだ。高校生になったばかりの息子を遠い東京へ追い出した、薄情な父親を、それでも菖蒲は慕っている。あの兄たちさえ、憎みきれずにいる。

どこまでも健気《けなげ》な友に、同情し、共に憤慨するだけなら誰でも出来る。聡介は友人であると同時に弁護士なのだ。ならばこの弁舌と知識、そして積み重ねた経験を武器に戦うのみ。…十年前、信じきれなかった分まで。

決意も新たに、聡介は手箱の中から戸籍謄本を取り出した。空になった手箱に蓋をしようとして、ふと手を止めたのは、小さな違和感を覚えたせいだ。何かがおかしいような気がするのだが、どこがどうおかしいのかがわからない。

「…聡介、どうかした？」

「あ、…いや、何でもない」

僅かな逡巡《しゅんじゅん》の後、聡介は追究を諦め、手箱に蓋をした。わからないのなら、どのみちたいしたことではないのだろう。気持ちを切り替え、戸籍謄本を確認していく。

「……どうやら、新たな養子も認知された非嫡出子も増えていないようだな」

安堵の息を吐く聡介に食後の茶を出しながら、菖蒲が首を傾げる。

「当事者の俺が言うのもなんだけど、そこまで気にしなくちゃいけないもの？　兄さんたちが誰かを父さんの養子にするにしても、肝心の父さんは意思表示が出来ない状態なのに」

養子縁組には養親となる者、養子となる者双方の同意が必要なので、菖蒲の言う通り、養親となるべき鴎太郎が意識不明の今、新たな養子が増えていたとしたら明らかに無効とされるはずだ。…普通なら。

「鴎太郎氏が意識不明に陥る前、誰某《だれそれ》を養子にするという意思表示を書面で残していたと主張すれば別だ。勿論、そんな書面は存在しないから、偽造するわけだが」

「……え？　それで養子縁組なんて出来てしまうの？　しかも調停が始まる寸前でそんな書面が見付かったなんて、いくらなんでも都合良すぎて怪しまれるんじゃない？」

「役所には形式的審査権しか無いから、書面に不備さえ無ければ、よほど不審じゃない限りは受理されるだろう。都合が良すぎるっていうのは、俺も同感だが…」

世の中には、遺産を独り占めすべく遺言書を偽造した挙句、『今まで気が付かなかったんだが、神棚を掃除していたら出てきた』と言い張る猛者《もさ》も存在するのだ。

神棚や仏壇から偶然見付かったと主張するケースは意外なほど多い。聡介が担当しただけでも、子どもがラジコンヘリを飛ばしていたら神棚にぶつかって遺言書が落ちてきただの、占いで当ててもらっただの、故人が夢枕に立って教えてくれただの、売れない脚本家だってもっとましなネタを考えるだろうと突っ込みたくなる言い訳を山ほど聞かされてきた。

「…そんな言い訳、裁判でも通るわけ？」

理解し難い、と言いたげな菖蒲に、聡介は首を振った。

「勿論、九割がた通らないし、偽造が露見すれば私文書偽造罪に加え、同行使罪に問われることになる。場合によっては詐欺罪も追加だな」

偽造する側とてそんなことは重々承知である。それでも一縷《いちる》の希望に賭け、罪に手を染めてしまうのだから、欲望に目がくらんだ人間は恐ろしい。黒塚家のような由緒正しい素封家で、愛憎が絡んでいれば尚更であろう。

「まあ、あちら側の弁護士がまともなら、そんな真似は絶対にさせないだろうが…これればかりは、実際に調停が始まってみないとわからないな」

弁護士といってもピンキリだ。中には依頼人の違法行為を黙認したり、むしろ積極的に勧める弁護士も存在する。菖蒲の兄たちの訴訟代理人がどんなタイプなのか、都心の事務所に所属する弁護士ならある程度噂も耳に入ってくるのだが、あいにく京都の弁護士だったため、確かめられなかった。あとはもう、実際に調停が始まってから出方を探るしかない。

第一回の調停期日は四日後だ。さて、どう出てくるつもりなのか……。

「…ごめんね、聡介」

空になった茶碗に新しい茶を注《つ》ぎ足し、菖蒲が小さく頭を下げた。

「菖蒲…？　いきなりどうしたんだ」

「だって、俺のせいで面倒ばっかりかけるから…」

「別に、お前のせいじゃないだろ。争う気の無いお前に対して、お兄さんたちが騒ぎ立てているだけだ。面倒ごとを依頼人に代わって解決するのが弁護士の仕事なんだから、お前はどんと構えていればいい」

「……聡介……」

立ったままだった菖蒲が、音もたてず聡介の右隣に腰を下ろした。肩先すれすれに感じる体温にどきりとした瞬間、膝の上に置いていた手に指を絡められる。

「…あ、菖蒲っ…」

「ありがとう、聡介。…聡介に弁護を引き受けてもらえて、本当に良かった」

濡れた黒い瞳。ほのかに香る花の匂い。袖口から覗く肌の白さ。口紅も塗っていないのに紅い唇。

……さほど強く握られているわけでもないのに、振り解けない指の艶めかしさと温もり。菖蒲の全てが、聡介から正常な判断力を奪っていく。菖蒲が、そしてその指がもたらしてくれる熱と快楽。それだけしか考えられなくなる。

「……今晩も、手入れをさせてくれるよね？」

指と指の間をなぞり上げられながら囁かれ、聡介はほとんど無意識に首を上下させていた。夕食の後は、菖蒲に手入れされる時間。その習慣に、ここ半月ですっかり馴染みつつある。

「ふふ……、いい子、可愛い……」

唇を吊り上げた菖蒲のもう一方の手が、妖しくうごめいた。こんな時、和服というのは本当に便利だ。裾を割るだけで脚が露わになり、股間にも容易く辿《たど》り着《つ》ける。

「うぁっ……」

期待に熱を帯びていた性器は、入り込んできた手に柔らかく包み込まれたとたん先走りの雫を零した。菖蒲は聡介の震える項を舐め上げ、ちゅっと音をたてて唇を落とす。

「…もっと念入りに、手入れして欲しい？」

「あ…、ああ、ああっ…」

応えとも喘ぎともつかぬ声を漏らすと、項に軽く歯を立てられ、柔な皮膚を吸い上げられた。ワイシャツの襟で隠れるか隠れないかのぎりぎりのラインだ。

「…なら…、どうすればいいか、わかるよね？」

そんなところに痕を付けるなんて、と抗議するべきなのに、甘い催促の言葉に、聡介は黙って従った。一旦腰を浮かせ、菖蒲の広げた脚の間にもそもそと座り直す。

「ん…っ、聡介……」

「あ…ぁ、…あぁっ…」

背後から抱き込まれる体勢になったおかげで、聡介は間近で堪能出来るようになった。菖蒲の手に絡め取られた己のそれを。一滴残らず精を絞り取ろうと、下着の中で性器を優しく締め上げる指を。

…この上無く淫靡な光景を。

「…はぁ…ぁ…っ、ああ…、…っん…」

幼い頃から剣道で鍛えたはずの体幹はまるで役に立たず、気付けば菖蒲の胸板に背中を預けてしま

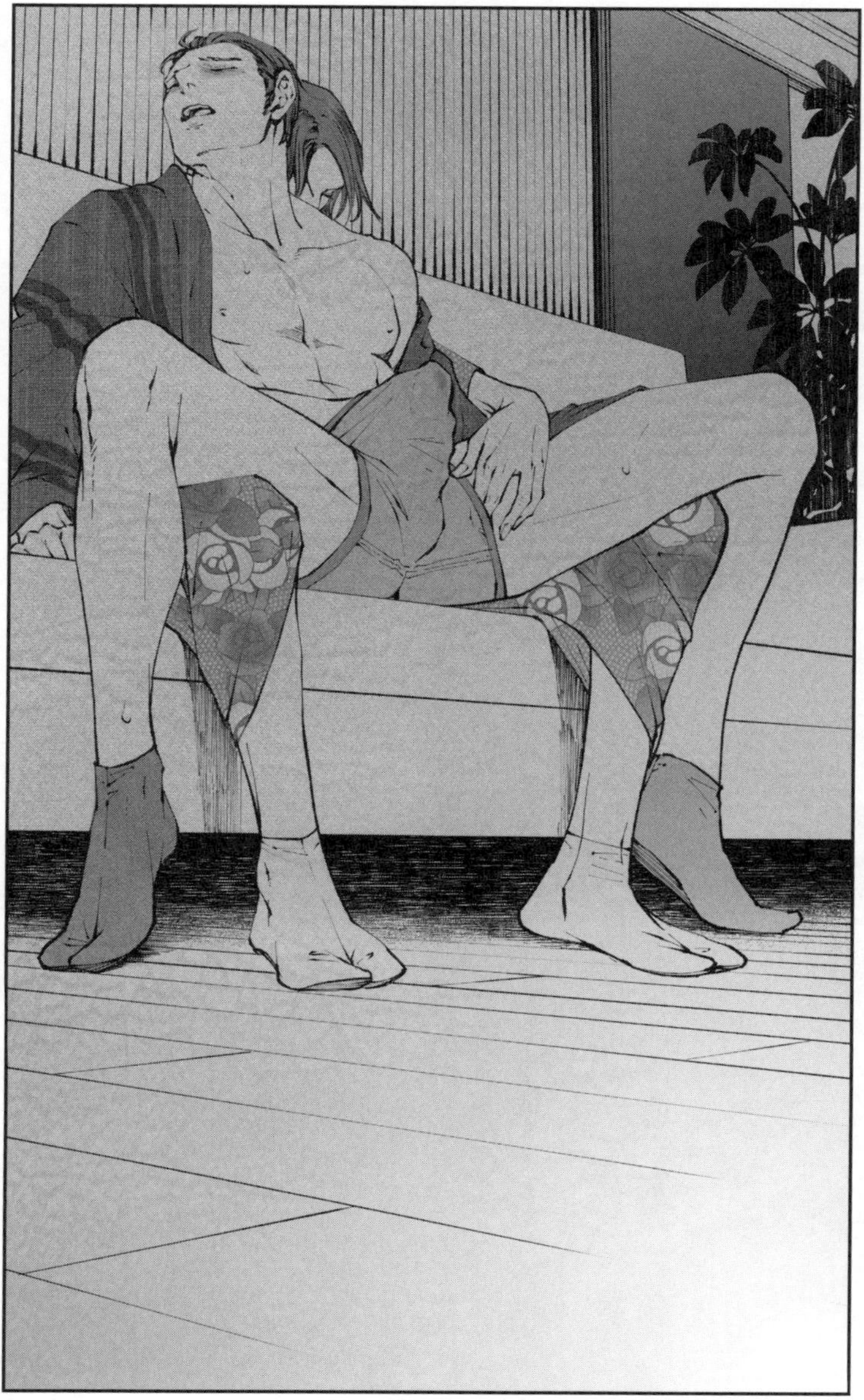

っている。上質な絹越しにじわじわと染み込んでくる体温や、着物に焚《た》き染《し》められているのだろう雅な香の匂いが、聡介の脳を蕩かす。

「聡介…、…あぁ、可愛い…っ…」

項をくすぐる吐息のみならず、聡介が身じろぐたび尻に当たる股間までもが、今や触れれば火傷しそうなほどの熱を孕んでいた。菖蒲もまた、聡介の痴態で股間を硬くしている。再会を果たして以来、まだ拝んだことの無いそこが雄々しく勃起している様を想像すると、聡介の全身が燃え上がるようだった。

……汚いものなんて何も知りません、って顔をして、あそこを勃ててるんだ。俺のものを、扱きながら……。

十年前と同じ、ぞくぞくするほどの快楽と優越感が駆け巡る。あの頃は、菖蒲に魅せられた近隣の女子生徒がしばしば聡介の母校に忍び込んでは、警備員に追い返されるのが日常茶飯事だった。帰り際にはほぼ毎日、菖蒲に手紙やプレゼントを渡すべく女子生徒が…たまに男子生徒までもが待ち構えていたものだ。

彼らの間で、菖蒲は『王子』だの『姫』だのと呼ばれ、半ば神聖視すらされていた節がある。大貫など、あいつら黒塚に死ねって言われれば揃って屋上から飛び降りるんじゃないか、と冗談でもなさそうに評していた。

成功者としての覇気を纏った今なら、十年前よりもいっそう人を惹きつけてやまないだろう。けれどきっと、かつてと同様、誰にもなびかない。

……誰も手の届かない高嶺《たかね》の花が、俺で、興奮している……。

「…んぁ…、んっ、あ……あ、菖蒲っ…」

もっと乱れさせたくて、狂わせたくて、聡介は揺れる尻を菖蒲の股間に押し付け、ぎゅりぎゅりと擦ってやった。負けじと絹越しに押し返してくる弾力が、思い起こさせる。かつてこの手で何度も絶頂に導いた、典雅な顔にそぐわぬ大きさの雄を。まき散らされる精液の濃厚な匂いを。

……そう言えば、菖蒲は何故、再会してから一度も俺の前で服を脱ごうとしないんだろう？

「…さぁ…、俺の手でイって、聡介……」

「あ、…ああ、ああー……！」

ささいな疑問は、先端の小さな孔《あな》を抉《えぐ》られる強烈な快感に打ち消された。

穿かされたままの下着に覆われていても——否、だからこそ鮮明に脳裏に描き出される、紅い花。聡介の性器に絡み付く、白くしなやかな指。……ウツギの白い花の下に佇む、制服姿の菖蒲。

「…今日も、いっぱい出してくれたね…」

嬉しいよ、と聡介の耳に吹き込む声は、どこまでも甘い。誘われるように振り向けば、菖蒲は首を傾け、そっと聡介の唇を盗んだ。

……この男の『好き』は、友情なのか、それとも愛情なのか？　愛情なのだとしたら…何故、手入れなどと称して聡介ばかりを感じさせる？

快感で使い物にならなくなった頭では、答えなど導き出せない。

「好きだよ…、聡介……俺の、…可愛くて綺麗な…」

囁く菖蒲の微笑みは、十年前と同じはずなのに、何かが決定的に変わっていた。

四日後の第一回調停期日。聡介は定刻のきっちり三十分前に、東京家庭裁判所に到着していた。指定された調停室は十四階の一四〇三号室だ。

民事訴訟や家事調停においては電話会議システムが導入されており、当事者が裁判所に赴かずとも、電話で訴訟に参加することが認められている。訴訟が遠方の裁判所に係属してしまった場合、交通費や時間などの負担が大きくなるからだ。

今回の調停の申立人である菖蒲の二人の兄は京都に在住しており、彼らの訴訟代理人である弁護士も京都の人間だ。てっきり申立人サイドは電話会議での参加になるだろうと踏んでいたのだが、その予想は裏切られる。

「お前があれの弁護士か。あれの同級生やとかいう」

待合室に入ろうとした聡介を、中年の男が居丈高に呼び止めたのだ。高級そうな仕立てのスーツが全く似合っていない貧相な顔付きは、菖蒲の長兄、黒塚鴻太郎だろう。春暁流のホームページに写真が掲載されていた。

……京都から、わざわざこのために東京まで足を運んだのか。

「……初めまして。今日はよろしくお願いします」

内心驚きつつも、聡介は軽く頭を下げ、通り過ぎようとした。調停が始まる前に申立人と相手方の代理人が交流を持つのは、様々な理由から推奨されない。

「お待ちなさい。話はまだ終わってまへん」

しかし、聡介の配慮を踏みにじるかのように、鴻太郎の後ろに控えていたもう一人の中年男が進み出た。鴻太郎をそのまま太らせたような男は、菖蒲の次兄の隼次郎だ。こちらもホームページに載っていた。口調こそ兄と違ってはんなりと柔らかだだが、隠し切れない棘《とげ》を含んでいる。

「…間も無く調停が始まります。貴方《あなた》がたも、待合室に戻られた方が良いのでは？」

調停は申立人と相手方がそれぞれ別個に調停室に呼ばれ、調停委員と話をするのが基本的な流れだ。そのため双方の待合室は別々に用意されており、鴻太郎たちにも聡介とは別の待合室があてがわれているはずである。

「ふん、せやからこそ忠告に来てやったんやろ」

戻ろうとする素振りすら見せず、鴻太郎は尊大に腕を組んだ。隼次郎も隣でうんうんとしきりに頷いている。とても次期家元の座を巡って争っている最中とは思えない、息の合い方だ。

「忠告……？」

無視してさっさと待合室に引っ込むべきだとわかっているのに、つい足を止めてしまった。聡介を引き留めるのに成功した鴻太郎は、苦々しげな顔から一転、上機嫌に胸を張る。

「そうや。あれの弁護なんか、さっさと降りた方が身のためやとな。お前はあれの見てくれに騙されてんのやろうけど、ありゃ母親とおんなじで、とんでもないあばずれや」

「来る者拒まずでしたしな。女はおろか、男まで、あれが弄んで捨てた人間は数え切れまへん。父の鴎太郎があれを東京へやったんは、これ以上、地元で醜聞をまき散らさへんためでもあったさかいに」

兄の説明を、よく似た弟がしたり顔で補足する。血が繋がっていないとはいえ、仮にも弟を兄が『あれ』などと呼び、口汚くこき下ろす——反吐《へど》が出そうな光景に苛立ちつつも、聡介はようやく納得した。当事者である菖蒲が何故、今日、調停には聡介一人で出席して欲しいと願ったのか。

二人の兄の行動を、予想していたからだ。もし菖蒲もここに居合わせたら、彼らは調停前であろうと構わず、菖蒲を面罵したに違いない。

……お前たちに、菖蒲の何がわかる！

聡介が必死に怒りを堪《こら》えているのにも気付かず、愚痴り続ける兄たちを、出来るものなら怒鳴りつけてやりたい。

菖蒲は自分が生まれたせいで母を死に追いやったと自らを責め、家族を慕いつつも疎まれるのは仕方が無いと寂しげに笑っていた。数多の男女を弄んでは捨てたというのも、高校生の頃のように、菖蒲に魅了された者たちが勝手に熱を上げ、自滅していったのを、菖蒲憎しのあまり兄たちが歪曲《わいきょく》しているだけだろう。

家族だったのに、聡介などよりもずっと長い間共に暮らしていたのに、どうして菖蒲の本当の姿を見てやろうとしないのか。黒塚菖蒲という男を少しでも理解していれば、そもそもこんな調停など必要無かっただろうに。

「…鴻太郎さん、隼次郎さん！　こんなところにいらしたのですか！」

聡介の忍耐も限界に達する頃、廊下の奥から初老の男が息せき切って現れた。スーツの襟に聡介と同じ弁護士バッジをつけている。鴻太郎たちの代理人だろう。さすがにこの状況のまずさがわかるのか、聡介の姿を認めるや、さっと青ざめる。

「私が着くまで一階のホールから動かないで下さいとあれほどお願いしましたのに…、どうして迂闊《うかつ》な真似をなさるのです…！」

「待ち合わせの時刻になっても来いひんさかい、先に行っただけや。なあ？」

「ええ、兄ちゃんの言わはる通りです」

しれっとする兄に、まるで悪びれない弟。弁護士と依頼人の関係も様々だが、どうやらこの代理人はずいぶんと弱い立場らしい。菖蒲によれば、親子二代で春暁流の顧問弁護士を務めてきたそうだから、半ば主従関係のようなものなのだろう。

「では、私はこの辺で失礼します」

せっかくの好機を逃すまいと、聡介は待合室に駆け込んだ。弁護士が付いているのだから、さすがに追いかけてくるような真似はさせないだろう。それにしても、流派の運営に忙しい中、菖蒲の悪口雑言を吹き込むためだけに遠く京都からやって来るとは…菖蒲に対する二人の憎悪と嫉妬は、想像よりも遥かに根が深そうだ。

しかもあの代理人では、とても彼らを御しきれまい。依頼人が違法行為を犯そうとすれば、聡介なら断固として止めるし、従ってくれなければ依頼を断る。法を遵守する弁護士なら当たり前のことだが、あの代理人では止めるどころか、片棒を担がされそうな予感がする。二人が菖蒲のオフィスを襲撃させたのも、すでに承知しているのではなかろうか。

癖の強い依頼人と、立場の弱すぎる代理人の組み合わせなど、ろくなものではない。真摯に依頼を遂行するのは当然だが、今回は特に用心する必要がありそうだ。

準備しておいた書面を確認していると、調停委員が現れ、聡介を調停室に促した。調停室は一般的な法廷と異なり、一つの大きなテーブルの一方に調停委員と書記官、調査官などの裁判所側の人間がつき、もう一方に当事者である申立人と相手方がつく。

今日は第一回目の調停なので担当裁判官も同席しているが、同時に幾つもの事件をかけもちする裁判官は多忙を極めるため、現れるのは今回くらいだろう。基本的に調停は、有識者である調停委員たちによって進められていく。

申立人席には鴻太郎たちの姿もあったが、こちらを一瞥しただけで、話しかけてこようとはしなかった。さすがの代理人も、調停に不利になるような真似は慎めと言い聞かせたらしい。開始前からげっそりとした代理人の横顔を見ると、ほんの少しだけ憐れに思える。

「それでは、当事者が揃いましたので、第一回の調停を始めます」

担当裁判官が調停の手続きについて説明を始めた。弁護士なら今更言われるまでもない内容だが、第一回調停期日は当事者双方が同席し、こうして手続きの説明を受けるのが決まりなのだ。

「……以上です。では、相手方代理人は退席して下さい」

説明が終わると、まず調停委員が申立人の言い分を聞く間、相手方は待合室で待機することになる。

調停室を退出した聡介が再び調停委員に呼ばれたのは、三十分ほど後だった。

調停は裁判ほど厳格ではないし、調停委員はなるべく話し合いでの解決を目指すため、当事者は感情のまま己の胸の内を吐露してしまうことも多い。調停委員も人の子なので、注意深く観察していけば、中立人がどんな言動を取ったのかはある程度推し量れる。

……やはり、相当菖蒲への恨みつらみをぶちまけたようだな。

話を進めていくうちに、聡介はそう確信を抱いた。調停の目的は、菖蒲と鴎太郎の間に親子関係が存在しないことの確認なのだから、そこに必要な情報だけ提示すればいいのに、鴻太郎たちは調停委員たちにも菖蒲の悪口雑言を言い立てたようだ。調停委員たちの口ぶりが、どことなく冷めている。

鴻太郎たちとしては、いかに菖蒲が黒塚家に相応しくないか主張しただけのつもりかもしれないが、調停委員たちの心証はだいぶ害されたと見ていいだろう。聡介たちにとっては、逆に有利だ。聡介は曾祖父の形見の万年筆を握り締め、理性的な口調で訴えかける。

「……黒塚鴎太郎氏との間に血縁関係が存在しなかったとしても、黒塚菖蒲は長年法律上の親子として過ごしてきました。自分の子ではないと確信を抱きつつも、嫡出否認の訴えを提起せず、また今まで親子関係不存在確認の訴えも起こさなかったのは、鴎太郎氏自身に黒塚菖蒲との親子関係を否定する意思が無かったからと推測出来ます」

菖蒲と鴎太郎の間に血縁関係が無いのは、もはやＤＮＡ鑑定により否定出来ない。その上で、聡介はせめて法律上だけでも、菖蒲を鴎太郎の息子でいさせてやりたかった。菖蒲は調停の結果がどうなっても潔く受け止めると言っていたが、あれほど求めていた愛情を最後まで与えられなかった挙句、親子関係まで否定されてしまうのでは、あまりに憐れではないか。

科学的な鑑定結果で親子関係が否定されたにもかかわらず、裁判所が法的な親子関係を維持させた判例は幾つも存在する。訴え方次第では、今回も同様の審判を引き出す余地はじゅうぶんにある。

「鴎太郎氏が父親である自覚のもと黒塚菖蒲を養育していたのだとすれば、その意思を無視して、単にＤＮＡ鑑定の結果のみに基づき、子である黒塚菖蒲の保護法益を侵すのは許されないと、弊職は考えます」

聡介はそう締めくくり、調停委員たちに頭を下げた。


――どうやら、流れはこちらに傾きつつあるようだ。

二週間後の二回目の調停を終え、聡介はなかなかの好感触を摑んでいた。聡介の主張は、調停委員たちの心証をだいぶ良くしたらしい。調停委員はあくまで話し合いの調整役に過ぎず、裁判官のように判決を下すことは出来ないが、当事者の一方の主張に理があると判断すれば、もう一方を積極的に説得してくれるようになる。

あくまで鴎太郎と菖蒲の親子関係を否定し、相続から菖蒲を排除したい鴻太郎たちに対し、調停委員は和解を勧めた。

どのみち調停が不調に終われば、裁判に移行して争うことになるが、裁判には数年単位の時間がかかる。鴎太郎がその間に死亡するのは確実だ。法定相続人たちが争っている以上、鴎太郎の遺産相続は裁判終結まで開始出来ないため、鴻太郎たちは父親の遺産を自由に使えなくなる。家元就任は相続とは別次元の話だが、春暁流の幹部たちは、遺産を巡って争う兄弟たちを次期家元に指名するのは躊躇うだろう。外聞も甚だ悪い。

それくらいなら菖蒲を父親の子として認め、兄弟で均等に遺産を分割する方が最終的には損害が少ないのではないか、と諭され、またもや京都からやって来ていた鴻太郎たちは憤慨したようだ。彼らとしては絶対に受け容れられない話だろう。聡介なら和解案を検討するよう勧めるが、案の定、あの気弱な代理人は鴻太郎たちを説得しきれなかった。

二回目の調停も平行線のまま終わり、裁判に移行する可能性はぐんと高まった。だが、それならそれで好都合だ。職業裁判官が相手なら、どう主張すれば望む判決を得られるか、聡介にはじゅうぶん予想がつく。

目指す判決は鴻太郎たちの訴えの棄却、もしくは却下だ。まあ、まずはその前に三回目の調停があるわけだが…。

「…先輩、時間は大丈夫ですか？」

昨日の二回目の調停でも懲りずに聡介を捕まえ、菖蒲の悪口をまくしたてていた鴻太郎たちを思い出してしまい、眉を顰《ひそ》めていた聡介に、資料室から戻った雪也が声をかけてきた。

「新橋のK社に寄ってから直帰でしたよね。いい加減に出ないと、間に合わなくなりませんか？」

「え？　…ああ、もうそんな時間か」

真新しい腕時計に視線を落とし、聡介は慌ててデスクを片付けると、コートと鞄を手に立ち上がった。今日は顧問契約を交わした会社の法務から相談があると呼ばれ、訪問する予定だったのだ。もう午後の四時を過ぎているから、雪也が教えてくれなければ遅れるところだった。

「ありがとう、雪也。助かった」

「いえ、どういたしまして。…ところでその時計、恋人からのプレゼントですか？」

雪也は興味深そうな視線を聡介の右腕——そこに嵌《は》められた銀色の腕時計に注いだ。

誰でも名前を知っているスイスのブランドの時計は、昨日、菖蒲が誕生日プレゼントにと贈ってくれたものだ。最高ランクになると値段が八桁を超える高級品である。しかも聡介の誕生日はまだまだ先なのだから、もらう理由など無かったのだが…。

『聡介には兄さんたちが嫌な思いをさせているだろうし、十年間、お祝い出来なかった分もこめて、受け取って欲しいんだ。……駄目、かな？』

上目遣いでそんなふうにねだられたら、受け取らないわけにはいかなかった。それでもまだ若造の弁護士には高級すぎる代物だから、事務所につけていくつもりは無かったのだが、朝、見送りの際に半ば強引に嵌められてしまったのだ。

「……いや、友人からのもらい物だが？」

ベルトを巻いてくれた指先の温もりと艶めかしさがよみがえり、ざわつく心を抑えながらとぼけると、雪也はふふっと微笑んだ。

「そうですか。まあ、そういうことにしておいてあげます」

「…何だ、そういうことって」

「吉川さんと木下さんが、佐々木さんと一緒に『若先生にセレブな彼女が出来た！』ってお昼休みに盛り上がってたんですよ。僕、うっかり居合わせてしまって」

それで可愛がられている後輩の雪也から、真実を聞き出すよう頼み込まれてしまったそうだ。理恵と由佳はともかく、節子の願いとなれば、さすがの雪也も断り切れなかったらしい。ブランドロゴこそ刻印されているものの、ごくシンプルなデザインの時計の存在に気付くとは。女性の観察眼の鋭さには、舌を巻くばかりだ。

「何も、お前に頼まなくても、俺に直接確かめれば良かったんじゃないか？」

「先輩って……悪気は無いのはわかるんですけど、本当に鈍いですよね」

本気で首を傾げる聡介に、雪也は大きな溜息を漏らした。誰に対しても誠実で優しい顔を崩さないくせに、聡介にはたまに毒を吐くことがある。信頼ゆえだとわかるから、嫌な気はしないが。

「…に、鈍い？」

「佐々木さんはただの興味でしょうけど、吉川さんと木下さんは本気で先輩が好きなんですよ。失恋が決定するかもしれないのに、恋人が出来たんですか、なんて臆面も無く聞けるわけがないじゃないですか」

「え…!? だ、だが…」

勿論聡介とて、二人の好意に全く気付かなかったわけではない。しかしそれはあくまで所長の息子…将来有望な結婚相手としての好意だと思っていたのだ。そこに恋愛感情の類など無いだろうと。

「だから先輩は鈍いんですよ。有望な結婚相手なら、他にも独身の弁護士が何人も在籍してるでしょうに。うちじゃなくても、この辺のビルのテナントにはたいてい法律事務所が入ってますし」

「それはそうだろうが…」

「先輩、二人が入ってきたばかりの頃、所長に指示されたわけでもないのに、二人の指導やフォローをそれとなくしてあげていたでしょう。裁判所や法務局へのお使いにも時々付いて行ってあげたりして、ミスをしたら励ましてあげて、他の事務所の弁護士とトラブったら間に入ってあげて」

「…俺はただ、節子さんの手伝いをしていただけだぞ」

弁護士以外の新人の教育は基本的に節子の役割だが、節子自身も忙しいため、二人の指導はなかなか荷が重い。そこで聡介が出来る範囲で手助けをしていただけだ。中高では生徒会長や剣道部の主将を務め、大学でも剣道部を率いてきた聡介は、一人っ子にもかかわらず、息をするように誰かの世話を焼いてしまう癖が染み付いている。

「僕には、それが先輩の『普通』なんだってわかってますけどね。他人…しかも若い女の子なら、そんなに優しくされたら普通は期待しますよ。まあ、打算がゼロとは言いませんけど」

「…そういうものなのか…」

「そういうものなんです。先輩はもう少し、優しくする人を選んだ方がいいですよ」

……お前のように、か？

喉元まで出かけた質問を、聡介は直前で呑み込んだ。

誰にでも分け隔て無く優しいと思われている雪也だが、その実、心の中にはたった一人だけしか存在しない。この美しい後輩が本当の意味で優しくするのは、同棲中の恋人…春名数馬だけだろう。聡介とて、数馬の前ではその他大勢の有象無象に過ぎまい。

何故数馬なのだと……どうしてよりにもよってあんなヒモ同然の男を選んだのかと、これまでは苛立つばかりだった。だが、今ならほんの少しだけわかる気がする。恋心とは理屈ではなく、相手を選んで抱けるものでもないのだと。

『…聡介…、可愛い……』

……そう、相手の性別すら選べないのだから……。

「…っ…、忠告はありがたく聞いておく。じゃあ雪也、俺はそろそろ出るから」

脳裏をよぎった面影を吹っ切り、聡介は足早にオフィスを横切った。廊下に出る寸前、話の終わり方が強引すぎたかと心配になって振り返れば、聡介の行動を見通したかのように、雪也が珍しくにやにやと笑いながら手を振っている。あれは絶対、時計をくれたのが友人だなどと信じていない顔だ。

――そんなに、恋にうつつを抜かしているように見えるのだろうか？

乗り込んだエレベーターの中、聡介は菖蒲と暮らし始めてからの日々を回想する。

美人は三日で飽きるというが、毎日違う着物で装い、マンションのあちこちを白い花で飾る菖蒲は飽きるどころか、日に日に魅力を増していく。今では帰宅早々、夕食もそこそこに『手入れ』の時間が始まるほどだ。

そっとかざした手はかさつきやささくれの一つも無くなめらかで、爪は真珠のような光沢を帯び、その先端は丸く整えられている。毎日、菖蒲が商売道具を使って念入りに手入れをしてくれている成果だ。おかげで聡介はここしばらく、爪切りを使っていない。

『聡介を傷一つ無く磨き上げるのは、俺の特権だから』

お前だって仕事があるんだから、毎日手入れをしてくれなくてもいいと遠慮する聡介に、菖蒲はそう言って口付ける。爪を磨く手も、聡介の精を絞り取る指も、全身に紅い痕を刻む唇も、蕩けてしまいそうなくらいに甘く優しい。

けれど、好きだと…可愛いと何度も囁くくせに、それがどういう意味なのかは決して教えてくれない。聡介自身に答えを出させようとしている。

ポーン、と音がして、エレベーターが一階に到着した。

聡介はエントランスを突っ切りながら、スーツの胸ポケットに挿した曾祖父の万年筆に触れる。馴染んだ冷たい感触が、ともすれば菖蒲の面影ばかり追ってしまいそうな意識を引き戻してくれる気がして。

聡介の依頼人は菖蒲だけではないのだ。ひとまずはこれから赴くK社で、顧問弁護士の務めを果たさなければ。

「…あの、すみません」

気を引き締め、銀座《ぎんざ》線の駅へ向かおうとした聡介を、背後から男の声が呼び止めた。振り返った瞬間、聡介の背中に細く硬いものがぐっと押し付けられる。

「宇都木聡介先生だね？」

聡介の背後にぴたりと付いた男が、都内の地図を広げながら囁いた。道を尋ねる観光客を装っているのだ。日比谷《ひびや》公園などが近い影響か、最近はこの界隈《かいわい》でも外国人観光客が多い。人通りはまばらにあるが、聡介たちに不審の目を向ける者は皆無だ。

「騒ぐなよ。騒いだら、痛い目を見ることになるぞ」

――こいつ、かなり場慣れしているな。

聡介は直感した。弁護士は職務上、どんなに誠実に依頼を遂行したとしても、恨みを買うことが多い。父の賢一も、脅迫状をもらったのは一度や二度ではないとぼやいていた。おそらくこの男は、弁護士の宇都木聡介を恨む者に雇われたのだ。

日本人にしてはイントネーションが妙だから、外国人かもしれない。だとすれば、背中に押し付けられているのは刃物か、もしくは拳銃――。

「…俺に、何の用だ？」

相手を刺激しないよう低く尋ねれば、ふっと笑う気配がした。

「先生に会いたいって人が居る。おとなしく、一緒に来てくれないか」

指先で示された先には、白いワンボックスカーが停《と》められていた。強い身の危険を感じ、大声を上げようとした瞬間、背中に硬い感触がぐりりっとめり込む。

「こんなところで死ぬのはつまらないだろ？　命まで取ろうってわけじゃないんだ。素直に付いて来てくれれば助かるんだがなあ」

「…わ、…わかった」

剣道で鍛えた勘が、従った方がいいと告げている。聡介は男に促されるがまま、表向きは平静を装い、ワンボックスカーの後部座席に乗り込んだ。隣にさっきの男が座った時、勘は正しかったのだと確信する。男が手にしていたのは――聡介の背中に押し付けられていたのは、黒光りする拳銃だったのだから。

「じゃあ先生、これを飲んでもらおうか」

車が走り出すと、男がペットボトルのミネラルウォーターと小さな白い錠剤を差し出してくる。おそらく、聡介の意識を奪うための薬だろう。どんな副作用があるかもわからない薬など、絶対に飲みたくなかったが、拒めば無理矢理飲まされるだけだ。

「……う、…あ…？」

案の定、錠剤を飲み込んで程無く、強烈な眠気が襲ってきた。男はぐったりとした聡介を横目で監視しながら、携帯電話で誰かとけたたましく喋っている。たぶん中国語だ。日本の暴力団と関係のある、海外の闇組織の人間だろうか。そんなものを使ってまで拉致させるほど、聡介に恨みを持つ人間とは、一体誰だ？

じょじょに回らなくなっていく頭で必死に考えるが、まるで思いつかない。

……このまま、殺されるのだろうか。

命までは取らないと男は言っていたが、信用など出来るわけがない。痛め付けられた末に殺されれば、骸《むくろ》は海の底か人の寄り付かない山中にでも捨てられ、永遠に発見されることは無いだろう。

そうなる前に、一目でもいいから逢いたかった。育ててくれた家族でも、気の合う仲間たちでも後輩でもなく、今日も美味い夕食を作り、聡介の帰りを待っていてくれるだろう友人に。

……菖蒲……。

紅い花がちらついたのを最後に、聡介の意識は睡魔にさらわれていった。

激しい頭痛で目を覚ました時、そこはあのワンボックスカーの中ではなく、瀟洒《しょうしゃ》な室内だった。

和洋折衷の菖蒲のマンションと違い、床の間を備えた純粋な和室だ。広さは三十畳近くあるだろうか。その真ん中あたりに敷かれた布団に、聡介は寝かされていた。

「…こ、こは、…どこ、だ？」

頭痛を堪えて起き上がるが、室内には聡介を拉致した男は勿論、他の誰の姿も無い。旅館にしては静かすぎるし、恨みを晴らすためにさらった弁護士をこんないい部屋に運ぶ意味がわからなかった。

念のためにと部屋の中を探ってみるが、鞄はどこにも無く、コートのポケットに入れておいた携帯電話も無くなっている。意識を失った後に奪われたのだろう。無事なのは直接身に着けていたものくらいだ。

菖蒲に嵌めてもらった腕時計もそのまま残されていた。正確に時を刻む針を見詰めていると、不安で波立っていた心が少しずつ鎮まっていく。

「はぁ……、はあ……」

深呼吸を繰り返しながら、聡介は状況を冷静に整理する。

――こんな扱いをされるのなら、たぶん、すぐに殺されることはあるまい。交渉次第では、じゅうぶんに生還の余地はある。…用が済んだ後、後腐れ無いよう殺される可能性も高いが。

しかし、希望もある。

あの男は気付かなかったようだが、車に連れ込まれる前、聡介は曾祖父の万年筆をこっそり落としておいたのだ。K社を訪問する予定時刻は、とうに過ぎている。K社の担当者は事務所に確認の電話を入れるだろう。聡介と連絡がつかなければ、父や雪也は何かあったに違いないと危ぶみ、周囲を捜索してくれるはずだ。そこであの万年筆が発見されれば、事件に巻き込まれたと断定し、警察に通報してくれる。

警察が駆け付けてくれるまでの時間を、どうにかして稼ぐのだ。そのためにもまず、事件の首謀者と対面したいところだが…。

「目え覚めたようやな」

聡介の願いを聞き届けたかのように、ぴったりと閉ざされていた襖《ふすま》が開いた。現れたのは菖蒲の二人の兄——鴻太郎と隼次郎だ。調停に参加する時とは違い、紬の袷に羽織という姿である。

「…貴方がたが、私を拉致させたのですか」

驚きはあったが、同時に納得も出来た。歴史ある流派の家元の一族なら、裏社会と繋がりがあってもおかしくないし、この広々とした座敷にも得心がいく。春暁流は都心にも幾つか支部があるはずだから、ここはおそらく黒塚家が都内に所有する邸《やしき》のどれかだろう。経過した時間からして、京都まで運ばれたとは考えられない。

それに、鴻太郎たちには動機もある。二人の思惑とは違う方向へ進みつつある調停だ。

「申し上げておきますが、いくら脅迫されても、私は菖蒲の弁護を降りるつもりはありませんよ」

仮にここで聡介が無理矢理菖蒲の代理人を辞任する旨の書面を書かされ、それが裁判所に送られたとしても、強迫による意思表示は無効なので、後でいくらでも無かったことに出来る。

代理人を拉致しただけでは相続の欠格事由には該当しないが、調停が著しく不利になるのは間違いない。当然、聡介は泣き寝入りするつもりも、金銭で懐柔されるつもりも無いから、二人が逮捕されるのは確実だ。

「ほっほっほっ。そないなことのために、わざわざ先生をお招きするわけがないでっしゃろ」

しかし、鋭く睨みつける聡介に、隼次郎は嫌みったらしく袖口で口元を隠しながら笑った。菖蒲もたまにやる仕草だが、菖蒲なら優雅なのに、こちらはなよなよとして気色悪いだけだ。半分だけでも血が繋がっているというのが信じられない。

「……？　なら、何のために…」

「とぼけるな。遺言書の件や」

鴻太郎は苛々と舌を打ち、座敷の中にずかずかと入り込んできた。後ろ手で静かに襖を閉めた隼次郎が兄に続く。

「…遺言書とは、何のことです？」

「今更、しらを切ったかて無駄やで。親父の遺言書があの出来損ないのとこにあるんは、もうわかってるんや」

「な…、何っ…？」

未だ痛みの残る頭が、ぐらりと揺れた。

彼らの父親…つまり、黒塚鴎太郎の遺言書？　そんなものが実在するなら、そもそも次期家元の座を巡る骨肉の争いなど起きなかったはずではないか。

「…少なくとも、私は菖蒲から遺言書の話など聞いたことがありません。仮に鴎太郎氏の遺言書があったとしても、遠隔地に居住する菖蒲よりは、顧問弁護士に預ける方が自然のはずです。遺言書が実在し、菖蒲のもとに渡ったと断定された理由は何なのですか？」

「私は半年前、親父が遺言書を書いてるとこを目撃したんや。すぐに隠されたから細かい内容まではわからへんかったけど、確かに遺言書と記されとった」

「あんなことになってから、兄と二人で父が隠しそうな場所をしらみ潰しに当たりましたが、どこにも見付かりませんでした。勿論、南野先生も遺言書など預かってはらへんそうです」

鴻太郎の説明を、隼次郎が引き継いだ。南野《みなみの》とは、あの気弱そうな初老の顧問弁護士である。

「…だから、菖蒲のもとに送られたと考えたわけですか？　失礼ながら、ずいぶんと短絡的かと思いますが」

鴎太郎は鴻太郎たちと違い、積極的な虐待こそ加えなかったようだが、息子たちが菖蒲につらく当たるのを止めもしなかったし、最終的には東京へ追いやった男だ。調停で鴎太郎に菖蒲との父子関係を否定する意思は無かった、と主張したのは、あくまでも勝利のための弁舌であり、菖蒲への愛情があったとは聡介にはとても思えない。ただこれ以上の醜聞を恐れただけだろう。

そんな男が、果たしてわざわざ遺言状をしたため、無視し続けてきた『息子』に送ったりするものか？　ただの鴻太郎の見間違いではないのか？

「……先生のような人間には理解出来ひんやろうけど、父は…家元は、春暁流のためなら鬼にでもなれる人や。先代から受け継いだ春暁流を更に繁栄させられる才能の主なら、たとえ己の血を引かんでも後継者に指名しかねへんほどの、な」

皮肉っぽく歪められた鴻太郎の口元に、複雑な感情が見え隠れする。紛れも無い鴎太郎の実子であるにもかかわらず、才能も人望も、母と浮気相手の子である菖蒲に劣っていた。一家の裏事情を知る者たちからは、家元の実子なのにとさんざん陰口を叩かれただろう。積もりに積もった鬱屈が、兄弟を凶行に駆り立ててしまったのか。

めまぐるしく働く聡介の脳内で、二つの事実が一つに繋がった。

――菖蒲のオフィスを荒らしたのは、嫌がらせなどではなかった。遺言書を探していたのだ。

さっき隼次郎は、遺言書を隠しそうな場所をしらみ潰しに当たったと言っていた。遺言書が自宅以外の場所に隠されている可能性を考慮した末、聡介を拉致してきたあの男たちにでも依頼し、オフィスも家捜しさせたに違いない。襲われた従業員は、たまたま運悪く彼らと鉢合わせしてしまっただけなのだ。

「貴様ら…、ありもしない遺言書のために、どうしてそこまで…」

もはやうわべばかりの敬意すら取り繕う気にもなれず、聡介は身勝手すぎる兄弟をきつく睨《にら》み据えた。鴻太郎は父親を鬼と評したが、聡介に言わせれば鴻太郎たちの方がよほど鬼と呼ぶに相応しい。疑心暗鬼の末、遺産も次期家元の座も要らないと宣言している末弟を追い詰め、その代理人である聡介の拉致まで企てたのだから。

「……本当に、遺言書の隠し場所を知らんのか？」

自信たっぷりだった鴻太郎が、初めて訝しげに眉を寄せる。菖蒲の訴訟代理人である聡介なら、必ず遺言書について聞かされていると確信していたらしい。

「さっきからそう言っているだろう。この期に及んで、俺が嘘を吐く必要なんて無いはずだが」

「……」

「兄ちゃん…、この先生、本当に何も知らはらへんのと違いますやろか…」

藪《やぶ》をつついて蛇を出したかもしれない、と察した隼次郎が、青ざめて兄の袖を引く。鴻太郎は弟の手を鬱陶しそうに振り払い、腕を組んだ。

「…それやったら仕方無い。死んでもらうまでや」

「兄ちゃん……!?」

隼次郎は目を剝き、腰を抜かしそうになりながらも長兄に詰め寄った。

「ほ、本気なんですか？　殺すなんて…、私はただ、適当に痛め付けて、遺言書の隠し場所を吐かせるだけやと…」

「あほなこと言わんとき。そないな生ぬるいことをしたら、私たちは破滅やぞ」

兄の言い分の方が正しいなと、聡介はこんな時にもかかわらず賛同してしまった。

もし鴎太郎の遺言書が実在しており、聡介を痛め付けて入手出来た場合、鴻太郎は遺言書を破棄するつもりだったのだろう。遺言書で菖蒲が次期家元に指名されていたら、調停の結果にかかわらず、鴻太郎と隼次郎は次期家元にはなれなくなるからだ。

だが遺言書さえ始末し、調停によって菖蒲と鴎太郎の親子関係が法的に否定されれば、二人のうちどちらかが確実に家元になれる。

……作戦が裏目に出たのかもしれない。

聡介が積極的に調停から裁判へ移行させようとしたのは、菖蒲にとって有利な遺言書が手元に存在するからだと、おそらく鴻太郎は考えたのだ。調停が己の思惑から逸れつつあり、追い詰められていたのもあって、第三回調停期日を前に聡介を拉致させた。

しかし思惑は外れ、聡介は遺言書の存在すら知らなかった。これで聡介を生かして帰せば、二人は確実に手が後ろに回り、鴎太郎の遺産を相続出来たとしても、社会的な信用は地に堕ちる。次期家元の座など、夢のまた夢だ。彼らが己の地位を保つには、聡介の口を永遠に塞ぐしかない。

「…そ…、そないなこと…」

事ここに至ってわなわなと震える隼次郎を押しのけ、鴻太郎は聡介の目の前に進み出た。懐から取り出したのは、華道家の手にはとうてい似つかわしくない鋼鉄の塊――拳銃だ。ご丁寧にも、銃口にはサイレンサーが取り付けられている。聡介を拉致させたあの男たちから入手したのだろう。

「悪いな、先生。先生に恨みは無いけど、あの出来損ないの色狂いに肩入れしたんが運の尽きやと思って諦めてくれ」

どこまでも手前勝手に、だからこそ冷静に、鴻太郎は見上げる聡介の眉間に照準を定めた。

カチリと引き金が引かれる寸前、聡介は密かに摑んでいた掛布団を鴻太郎目掛け、投網の如く投げ放つ。

「ヒッ、ひっ、ひぃぃぃぃっーっ！」

隼次郎のかん高い悲鳴と、くぐもった銃声が同時に空気を切り裂いた。背後で響いた破裂音に振り返れば、漆喰の壁に小さな穴が空いている。視界をさえぎられたせいで逸れた銃口から発射された銃弾が、壁に命中したのだろう。

あと少し下だったら、銃弾は聡介の頭部を貫いていた。

冷たい汗が背筋を伝い落ちるのを感じながら、聡介はまだ思い通りに動かない身体を叱咤《しった》して起き上がり、半ば転がるように出口の襖へ急ぐ。

「…隼次郎っ、逃がすな！」

あと数歩で襖に辿り着くというところで、鴻太郎の怒号が飛んだ。頭を抱えてしゃがみ込んでいた隼次郎は、はっと目を見開き、身体ごと聡介の下肢にしがみつく。

「…ぐ…うっ…！」

隼次郎の重みで引きずり戻され、前のめりになった聡介は、とっさに畳に手をついた。おかげで顔面から突っ込むのは避けられたが、危機はまだそこにあった。そう、聡介のすぐ傍に。

「…往生際悪いで、先生…」

後頭部に突き付けられた銃口の硬い感触が、聡介に絶望を告げる。これだけ騒いでも誰も駆け付ける気配は無く、両脚には隼次郎がしがみついたままだ。もう、どこにも逃げられない。

「…あ…、あ、ああっ…」

ぶれる視界がぼやけ、滲んでいく。死の恐怖にがくがくと震え、涙を流している自覚さえ、今の聡介には無かった。理不尽に己を殺そうとする鴻太郎たちへの怒りすら凌駕する感情…後悔が、胸を押し潰す。

……こんなことになるのなら、俺も好きだと告白しておけば良かった。

やっと気付いた。好きだと囁かれるたび、あの白い手に手入れされるたび心が煩《うるさ》く騒いで止まらなかったのは、菖蒲に恋心を抱いていたせいだったのだ。

再会した時からではない。きっと十二年前、ウツギの花の下に佇む菖蒲を見かけた瞬間から、聡介は菖蒲に無自覚の恋をしていた。紅い花のような指を、甘い眼差しを、独り占めしたかった。

だから大貫の一件が起きた際、ただ聡介を追い返すために好きだと告げられたのが悲しくて、許せなかった。そのくせ、自分の前から忽然《こつぜん》と消えた菖蒲の面影を未練がましく追い続けていた…身勝手で愚かな自分を、どこまでも優しく健気な菖蒲に知られたくなくて、ずっと見て見ぬふりを決め込んでいたのだ。少なくともそうしている間は、何食わぬ顔で菖蒲の傍に居られるから。

せめてあと一日…いや数時間でも早く、つまらない矜持《きょうじ》など捨ててしまえていたら…菖蒲にこの気持ちを告げられたのに…！

――ドォンッ！

鼓膜をつんざく轟音《ごうおん》に、最期を覚悟してきつく瞼を閉ざしたが、いつまで経っても激痛は襲ってこない。

「……ぁ、…？」

恐る恐る振り返って開いた目に飛び込んできた光景の意味が、一瞬、聡介は理解出来なかった。どうして鴻太郎が襖と一緒に座敷の奥へ吹き飛ばされているのか。……もう二度と会えないはずの男が、倒れた鴻太郎に馬乗りになり、初めて見る憤怒の表情で拳を振り上げているのか。

「…よくも、俺の聡介を…っ…！」

「…ひ…っ、ぐ、…あぁっ…」

胸倉を摑み上げられ、なすすべも無く打ちのめされる鴻太郎の顔面が、みるまに血と鼻水でぐちゃぐちゃに歪んでいく。もしかして、聡介はとっくに銃殺され、死後の夢でも見ているのだろうか。そうでもなければ、ありえない。常に優しげな笑みを絶やさないあの菖蒲が、本能のまま、他人に暴力を振るうなんて――。

「聡ちゃん、…聡ちゃんっ！」

「ぐわあっ!?」

呆然とする聡介を正気に返したのは、体当たりのような勢いで抱き着いてきた男だった。まだ力の入らない聡介を軽々と抱き起こし、男は何の躊躇いも無く頰をすり寄せる。

「ああああ、聡ちゃん聡ちゃん聡ちゃんっ！　無事で良かったああああああ！」

「…ちょ…っと、賢次郎さん、痛い痛い痛い…！」

まだ薬の抜けきっていない頭を容赦無く揺さぶられるせいで、せっかく治まりかけていた頭痛がにわかにぶり返す。だが、皮肉にもその痛みのおかげでやっと信じられた。これは夢ではない、現実だと。

「…あっ、ごめん。安心したら、つい」

父の賢一を若くしてちゃらちゃらさせたような男が、えへへと笑いながら離れる。聡介の叔父、賢次郎だ。殺されても死なない叔父が聡介より先に死ぬなどありえないから、やはり聡介はぎりぎりのところで助かったのだろう。

だが、菖蒲の警護に付いていたはずの賢次郎が、どうしてこんなところに？　何故、聡介の居場所がわかったのか？

「……C班、南エリアに突入しました」

「B班、西エリアの制圧を完了。引き続き指示を請います」

聡介が状況を把握しきれずにいる間にも、賢次郎の装着したヘッドセットからは、部下たちからとおぼしき報告が絶え間無く入ってくる。

「んもーっ、せっかく可愛い可愛いうちの甥っ子と再会したっていうのにぃぃ」

賢次郎はばりばりと頭を掻きながら立ち上がると、立てた親指で背後を示した。ついでのように蹴り転がしたのは、気絶した隼次郎だ。聡介にしがみついていたのを、賢次郎が引き剝がしてくれたらしい。

「ごめーんね、聡ちゃん。叔父さんちょっと行かなきゃならないから、適当なとこであの子を止めておいてくれる？」

「……え？　って、うわあっ⁉」

聡介は再び振り返り、仰天した。未だ鴻太郎に跨ったままの菖蒲が、無言で兄の顔面を殴り続けていたのだ。鴻太郎はとうに気絶し、呻き声すらまともに漏らせない有様だというのに。

……いや、あれは本当に、まだ生きているのか……？

「あ…っ、菖蒲っ！」

泡を食って走り寄った聡介は、再び振り上げられた菖蒲の腕をすんでのところで捕まえた。恐々と窺った鴻太郎の胸は、きちんと上下している。良かった、死んでいないのだ。いくら聡介を助けるためだったとはいえ、殺してしまっては、さすがに正当防衛は成立しない。

「……聡、介……？」

だが、安堵したのも束の間。ゆらりとこちらを見上げた菖蒲に……底知れない闇をたゆたわせながら、引き寄せられずにはいられない艶を帯びた黒い瞳に、聡介の背筋は凍り付く。

――誰だこれは。何なのだ――。

『あれは母親と同じで、とんでもないあばずれや』

『女はおろか、男まで、あれが弄んで捨てた人間は数え切れまへん』

一笑に付したはずの鴻太郎と隼次郎の弄言《ろうげん》が、どういうわけか脳裏をよぎる。当の二人は賢次郎と菖蒲に打ちのめされ、伸びてしまっているというのに。

「…聡介…、ああ…っ、聡介……！」

胸を覆いかけた暗雲は、聡介を映すや、ぱあぁっと輝いた黒い瞳が晴らしてくれた。菖蒲はもはや長兄に一瞥すらくれず立ち上がり、聡介をきつく抱きすくめる。

「無事で…、無事で良かった…。聡介が死んだら、俺も、生きてなんかいられへんよ…」

「菖蒲……」

ぼたぼたとしたたり落ち、肩口を濡らす涙が、自覚したばかりの感情を激しく揺さぶった。全身を包む温もりと、もはや馴染んだ花の匂い。もう二度と味わえないと、諦めていたのに――。

「……好きだ、菖蒲」

胸に満ちた感情が、口を突いて溢れた。

すぐ傍には血まみれの男たちが転がっていて、自分は殺されかけたばかりで、邸内には賢次郎とその部下たちがうろつき回っている。こんな非常事態に何をしているんだと自分でも思うが、やめられないのだから仕方が無い。

「……えっ、…聡介？」

「俺は…お前が好きだ。友人ではなく、恋愛対象として。十年前からずっと好きだったんだと、殺されかけてやっと気付いた。…遅くなって、すまない」

「…そ…っ、聡介……！」

ただでさえ力強かった腕が、いっそうきつく…息も苦しくなるくらいに聡介を締め上げる。

俺の『好き』は友情の意味だったんだけど、とここで返されたら絶望で死ねたかもしれないが、幸いにもそうはならなかった。ふいに解放されるや、ぐいと上向かされ、荒々しく唇を奪われる。

「…俺も…、聡介を愛してるよ。出逢った瞬間から、ずっと……」

深い口付けの合間に囁く菖蒲は、微かな血の匂いの中にあってもなお、見惚れてしまうほど美しかった。


間一髪で聡介が助かった理由が明らかにされたのは、菖蒲と想いを通じ合わせた一時間ほど後のことだ。

予想通り、聡介が連れ込まれたのは都内にある黒塚家所有の邸だった。時折清掃業者を入れるくらいで、普段は管理人しか居ないそこを、鴻太郎と隼次郎は聡介を拉致させた男たちに警備させていた。賢次郎によれば、とある指定暴力団が荒っぽい行為をさせるために抱えている、違法就労中の外国人たちだそうだ。外国人が日本国内で罪を犯しても、本国に帰ってしまえば日本の警察では追跡が困難になるからだろう。殺された聡介の死体は、彼らによって海の藻屑にでもされるところだったに違いない。

そうなる前に菖蒲が聡介を救出出来たのは、簡単と言えば簡単、しかし種明かしされた側は複雑になる理由からだった。

「実はその時計、GPSが仕込んであるんだよね」

「……はっ？」

ソファに深く腰掛け、開いた脚の間に聡介を座らせた菖蒲が、聡介の項をはむはむと食《は》みながらこともなげに白状した。今頃聡介が囚われていた黒塚邸には警察が駆け付け、蜂の巣をつついたような騒ぎに陥っているはずだが、そうなる前に賢次郎が逃がしてくれたのだ。

どのみち明日には聡介と菖蒲も事情聴取に呼ばれるのは避けられないものの、せっかく両想いになった甥っ子とその恋人に少しでも甘い時間を過ごさせてやりたいという叔父心……なのだろう。それ以外は考えたくない。

「お前、人に断りも無くGPSって…、ん、…んんっ…」

さすがにぎょっとした聡介が肩越しに睨みつけようとしたら、すっと顎を掬《すく》われ、唇を盗まれた。

最初はついばむ程度だったそれが、息苦しさに聡介がうっすらと唇を開いたとたん、呼吸まで奪い尽くされるほど深い愛撫へと変わる。

数分後、ようやく解放された聡介が涙目で抗議しても、菖蒲はどこ吹く風で濡れた唇を舐め上げる。

「……お、まえ…、なに、考えてる、んだよ…、こんな時に……」

「だって、しょうがないじゃない。聡介が可愛い顔をするからいけないんだよ」

「……かっ、かわ、可愛いって、お前っ……」

「聡介さあ、昔から虐《いじ》めとか不正とかする奴らのこと、心底軽蔑した眼差しで睨んでたでしょう？　俺、聡介のそういう顔を見るたび、ああ思いっきりキスして泣かせたいなあって思ってたんだ」

長い付き合いで互いの性分は知り尽くしたと思っていたが、そうではなかったようだ。まさか菖蒲が綺麗な顔の下で、そんな変態くさいことを考えていたとは。

羞恥に震える聡介の肩口に、菖蒲は顎を乗せる。

「…俺だって、何も監視のためにGPSなんて仕込んだわけじゃないよ。聡介を守りたかったんだ」

「俺を、守る…？」

「兄さんたちは、俺を痛め付けるためなら何をしでかすかわからない人たちだからね。聡介から調停での兄さんたちの様子を聞いて、不安になったんだ。俺は賢次郎さんたちに守ってもらえているから安全だけど、聡介は違うでしょう？」

ほとんど自宅から出ず、たまに外出しても賢次郎にガードされている菖蒲には、鴻太郎に雇われた外国人たちもさすがに手出しは出来ない。ならば信頼する弁護士に痛い目を見させれば、菖蒲も強い衝撃を受け、調停でもおとなしく従うだろう――鴻太郎たちはそう考えるはずだと、菖蒲は危惧したのだという。

まさかそんな短絡的な、と笑い飛ばすことは出来なかった。実際、聡介は拉致され、殺される寸前だったのだから。

「何事も無ければそれでいいと思っていたんだけどね。…夕方、聡介の後輩の椿さんから電話をもらったんだ。顧問先の会社に向かったはずの聡介が現れない、心配になって探したらオフィスビルの近くに聡介の万年筆が落ちていたって」

「…そうか、雪也が見付けてくれたのか…」

聡介の足掻きは、無駄ではなかったのだ。聡介が事件に巻き込まれたと察した雪也は、すぐさま警察に通報すると共に、聡介の担当する案件の関係者と連絡を取った。弁護士が恨みを買いやすいことは、同業の雪也も身に染みて理解している。その関係者の一人が、菖蒲だったわけだ。

菖蒲が即座にＧＰＳの軌跡を辿ったところ、聡介の居場所は都内にある黒塚邸だった。嫌な予感が的中してしまったことを悟った菖蒲は、自分のガード役である賢次郎に聡介の救出を依頼し、邸に急行した。可愛がっている甥っ子の窮地に賢次郎は奮い立ち、精鋭の部下を引き連れて行った結果、あの派手な救出劇に繋がった…ということらしい。

「聡介をどうにか無事に助けられたのは、九割がた賢次郎さんのおかげだよ。あの人が邸の門の電子ロックをあっさり解除させて、次から次へと襲ってくる奴らを軒並み返り討ちにしてくれたから、俺は聡介のところに辿り着けたんだ」

どこか寂しそうな、己を責めるような口調に、聡介は思わず腹の前に回された菖蒲の手をきゅっと握り締める。

「そんなことはない。俺を撃とうとしていた鴻太郎を襖ごと蹴り飛ばしたのは、菖蒲だろう？」

あの時は混乱していたので何が起きたのかわからなかったが、タイミングからして、先頭きって突入してきた菖蒲が襖ごと鴻太郎を蹴り倒したというのが正解だろう。あれが無ければ、たとえその後賢次郎が邸内を制圧したとしても、聡介の命は無かったはずだ。

「あれは……夢中だったんだ。襖の向こうから物音が聞こえて、きっとその奥で聡介が助けを求めていると思ったら、身体が勝手に動いた」

「…菖蒲…」

——最期に一目でもいいから逢いたいと願った、あの声を聞き届けてくれたのか。

どくん、と高鳴る鼓動と共に溢れ出る愛おしさに突き動かされ、聡介は菖蒲の手を目線の高さまで持ち上げた。されるがままの白い手にうっとりと見入りながら、相変わらずささくれ一つ無い朱鷺色の指先をそっと咥える。

「ッ……、聡介……」

菖蒲はびくりと身を震わせたものの、取り上げようとはせず、聡介の好きにさせてくれる。もう一方の手で子猫の機嫌でも取るように撫でられた喉を、聡介の唾液が滑り落ちていく。

「好き…、好きだ、菖蒲……」

親指の次は人差し指を、その次は中指を、更にその次は薬指を、聡介は順繰りに舐めしゃぶる。赤子が母親の乳を吸うような、あるいは幼子が飴玉をしゃぶるような熱心さで。

何かをこんなに美味いと思ったのは初めてだった。形は確かに男のものなのに、由佳や理恵たちなど比べ物にならないほどなめらかで引っかかり一つ無い肌も、つるつるとした、それでいてしっとりと程よい熱を孕んだ爪も、たまらなく聡介の官能を刺激する。

「…ん…っ、くぅ、んん…っ…」

「……可愛い、聡介。俺の指をちゅうちゅうって、赤ちゃんみたい」

笑みを含んだ吐息が聡介の鎖骨をくすぐる。やけにすうすうすると思ったら、ネクタイを解かれ、ワイシャツはボタンを全部外された挙句、裾をズボンから引っ張り出されていた。さっきまで聡介の喉を撫でていた手が、綺麗に割れた腹筋をなぞる。

「…う…ぁっ、あ…、し、仕方無い…、だろっ…」

触れられただけでびくびくと震えてしまったのが恥ずかしくて、赤ちゃんみたいと揶揄《やゆ》されたのが悔しくて、聡介はがぶりと菖蒲の小指を噛んだ。

「本当は…、お前に、キスしたかったのに…、お前が、放してくれないから…っ…」

「…聡介…っ…!」

感極まったように声を震わせた菖蒲が、口内から指を引き抜いた。まだしゃぶり足りないのに、と抗議するより早く、三本の指が同時に聡介の口に突き入れられる。

「ふぁっ、あっ!?」

「ああ、聡介聡介聡介…、君って子は…、本当にもう、君って子は……！」

言葉にならない声の代わりに、菖蒲は揃えた三本の指でじゅぼじゅぼと聡介の口内を犯す。ぬめった舌を指の腹で擦り上げ、敏感な上顎の粘膜をこそぐ指の動きは性交を彷彿とさせ、聡介の血を滾《たぎ》らせた。

菖蒲に…いつも聡介を甘く翻弄するあの指に、犯されている。掻き混ぜられ、泡立った唾液が口の端から零れ落ちていく感触さえ快感に変わる。

「…はぁ…、は…っ、聡介…」

腹筋から胸の輪郭をいやらしく撫で回していた手が、器用にズボンのベルトを外し、ファスナーを下ろした。あっ、と聡介は小さく呻いて身をよじるが、もう遅い。

「聡介ってば…俺の指をおしゃぶりしただけで、下着を濡らしちゃったの…？」

「……ふ、うぅぅっ……」

違う、と反論したくても、三本もの指を突っ込まれている状態では無理な話だ。けれど、命の危機を救われ、抱き締められた時から股間は反応していたと真実を訴えたら、それはそれでますます菖蒲を煽ってしまいそうな気もする。

「いいよ…、いくらでもしゃぶって。俺の指は、聡介のものだから」

「…ぅ…、ん、んっ…」

「聡介が望むなら、どんなことだってしてあげる。……後で久しぶりに、紅いマニキュアを塗ってあげようか？」

「…ん、ふぅっ、ううっ…」

紅く染まった指先が脳裏をかすめ、どくんと脈打った性器がまた下着を濡らした。同居を始めた日以来、菖蒲がマニキュアを塗って手入れをしてくれたことは無い。素知らぬ顔をしつつも、本当は期待していたのだ。いつかまた、あの紅い花のような指先に愛撫をしてもらえないかと。

「……ふふ、わかった。じゃあ、聡介が俺だけの可愛い子になってくれた後に…、ね」

――菖蒲だけの、可愛い子？

聡介の顔に浮かんだ疑問を過《あやま》たず読み取った菖蒲が、ぞろりと上顎の粘膜をなぞり上げる。

「俺のこれを聡介のお尻に嵌めて、たっぷり精液を出した後……って意味だよ」

「んんっ…、んぅ…!?」

いつの間にか硬く漲《みなぎ》っていたものをぐりっと尻に押し付けられ、聡介は現実に引き戻された。男同士の行為ではそこを使うことくらい知っているし、抵抗や偏見も無い。あるのは、菖蒲も自分もたいして体格は変わらないのに、どうして聡介の方が受け容れる側にされるのかという葛藤だ。

「勿論、聡介が望むなら、俺が抱かれたって構わないけど…」

声にならない抗議が伝わったのか、菖蒲は濡れた下着をかいくぐり、張り詰めた聡介の性器をやんわりと握り込む。

「う…っ、んっ…」

「聡介は抱くよりも、抱かれる方が向いていると思うよ。だって、俺の指をおしゃぶりするだけで、おちんちん硬くしちゃってるんだから」

典雅な紅い唇と、そこから紡がれる子どもっぽい言葉の落差に、むわりと色気が匂い立った。鴎太郎の実子ではない菖蒲が三兄弟の中で最も華道の才能に恵まれたのは皮肉な話だと思っていたが、それも当然だったのかもしれない。

聡介を魅了して離さないこの男自身が、花なのだから。

「俺のを入れる前に、この指で聡介のお尻の中をじゅぽじゅぽっていっぱい掻き混ぜて、拡《ひろ》げてあげる。太いのを嵌めても、痛くないように…たっぷりと、ね」

「う…、ぅ、うう、…んっ…」

「お口でこんなに感じちゃうんだから、聡介ならお尻もきっとすごく気持ち良くなれるよ。ねえ…、いいでしょう？」

今、口をいっぱいに満たす菖蒲の指が……聡介の、尻の中に……。

本来なら排泄《はいせつ》のための器官であるそこに、この白く優雅な指が埋められ、うごめき回る。淫靡極まりない妄想に背筋がわななないた瞬間、何かに引き寄せられるように、聡介は首を縦に振っていた。

ごく小さな仕草だったが、勿論、菖蒲は見逃さない。

「…ふ…、ふふ、ふっ…、聡介、好きだよ、聡介…大丈夫。絶対に、痛い思いはさせないから」

言うが早いか、菖蒲はソファと聡介の間をするりと抜け出し、聡介を仰向けに押し倒した。セミダブルベッド程度の大きさを誇るソファは、聡介と菖蒲が二人で横たわっても、まるで窮屈さを感じさせない。

「…ふぁ…、ま、待て。脱ぐなら、俺が…」

下着ごとズボンをずり下ろされそうになり、聡介は慌てて菖蒲の手首を掴んだ。恭しく、それでいてどこか欲望ゆえの性急さを纏わせた手付きが、居たたまれなくて。

「駄ぁー目。俺はね、こういう時、可愛い人には全部やってあげたいの」

けれどその手も、あやすような菖蒲の指に触れられたとたん、聡介の意に反して自ら外れてしまった。下肢を裸に剝かれながら、聡介はじくりと疼く胸を押さえる。

……俺の他にも、菖蒲にこうして全部やってもらった『可愛い人』はいっぱい居るんだろうな。

聡介だって十年間、清らかに生きてきたわけではない。女性の恋人が居て、することはしてきたのだ。文句を言える筋合いでないのはわかっている。わかっているのだが…。

シャツを脱ぎ捨てた菖蒲が、聡介を上から覗き込んだ。

「…言っておくけど、こんなことまでするのは聡介だけだからね？」

「え…、何で…」

「何でわかったのかって？　そりゃあ、顔に書いてあるもの」

安堵と同じくらいの衝撃が、聡介の胸に広がった。感情を表に出さないよう常に自制しているつもりだったのに、それほどわかりやすいのでは、弁護士失格ではないか。

「安心して。…わかるのは、きっと俺だけだから」

「…菖蒲？」

「聡介がこんなふうに可愛い顔をするのは、俺とこうしてる時だけだもの…」

初めて明るい場所で正面から拝んだ菖蒲の裸身は、色こそ白いものの、弱々しさは欠片も無い。聡介に勝るとも劣らぬ見事な筋肉に覆われた胸板は意外なほど分厚く、雄としての力強さと逞しさを備えている。今の菖蒲なら、間違っても『姫』などと呼ばれたりはしないだろう。

にもかかわらず、微笑む菖蒲は雨に濡れた花のように麗しいのだから、この男から滲み出る色香はもはや妖気と評するべきなのかもしれない。

「…俺だけ、だよね？」

「あ…、あ、あや、め…っ…」

「聡介の可愛い顔を拝めるのは、これから先は俺だけだって、約束してくれるよね？」

聡介を『可愛い』などとほざくのは菖蒲くらいだと思うが、妙な迫力に圧《お》され、聡介はこくこくと頷いた。すると、にわかに張り詰めていた空気はたちまち柔らかく溶け、代わりに艶めいた気配を漂わせる。

「いい子、聡介。……聡介が絶対よそ見なんてしないように、いっぱい、気持ち良くしてあげるからね」

「……あ、…あぁっ…！」

愛撫を求めて勃ち上がっていた性器に、待ち焦がれていた指が絡み付いた。数度扱かれただけで限界を迎えた浅ましい先端が、ぐぽりと菖蒲の口内に咥え込まれる。

「…ひ…ぃっ、い、いいっ！」

これほどらちも無く白い飛沫をまき散らしたのは、生まれて初めてだった。いくらなんでも早すぎる、と聡介は羞恥に赤面するが、菖蒲は聡介のものを咥えたまま嬉しそうに喉を鳴らす。

「ん…、んっ……」

聞こえよがしな嚥下の音が、居たたまれなかった。あんなものを飲ませてしまったという後悔と、菖蒲の中に聡介のものが混ざり合う喜びとがせめぎ合うのは、束の間のことだ。

「…はぁぁ、あっ、…ああ、あっ」

よそ事を考えている余裕など、菖蒲の手がすぐさま奪っていった。きつく閉ざされていた尻のすぼみに、硬いものがめり込んでくる。反射的に追い出そうとする蠕動《ぜんどう》をものともせず、それはぬるぬると聡介の尻の奥へ侵入を果たした。

「ああぁ…っ…」

尻の中に埋められたのが菖蒲の指だと——ついさっきまで口内をじゅぽじゅぽと蹂躙していたあの指だと思い至ったとたん、聡介の身体はかっと燃え上がった。濡れもしない男の尻の中をまさぐる指が妙に滑りがいいのは、聡介の唾液をたっぷりと纏わせているせいだ。

「…っ…ぁ、あ、菖蒲ぇ…っ…」

菖蒲の白い指に捕らわれた浅黒い肉茎、菖蒲の紅い唇に咥え込まれた切っ先、菖蒲の指に犯される尻穴——己の下肢で起きている光景の濫《みだ》りがましさに、くらくらと目眩《めまい》がしそうだった。このままではことが終わる前におかしくなってしまいそうで、聡介は股間で熱心にうごめく男の髪に指を差し入れ、いやいやをするように首を振る。

いい加減にしてくれ、と懇願したつもりだった。だが菖蒲は、そうは取らなかったようだ。

「…聡介…っ……」

「あ、…あぁっ、あ…ん…っ…！」

一本だった指が一気に三本に増やされ、ずちゅずちゅと尻穴を掻き混ぜられる。肉茎を絞り上げる指の動きもいっそう激しくなり、無防備な陰嚢《いんのう》までやわやわと揉みしだかれた。前から後ろから怒涛《どとう》の如く打ち寄せる快感の板挟みにされ、聡介は筋肉質な長い脚をびくびくと跳ねさせる。

「…や…っ、ああ、あん…っ、あ、ああ……！」

嫌だ、違うと抗議するはずが、唇から飛び出したとたん、言葉は全て意味を成さない嬌声に変わった。女のような声を上げている自分が信じられない。同性との交わりが、受け身で得る快感が、こんなにもすさまじいなんて――。

「…はっ…、聡介…、好きだよ、俺の、可愛い聡介…」

性器と尻で善《よ》がらせるだけでは足りないとばかりに、毒よりも甘い睦言《むつごと》が聡介の耳をもひたひたと犯していく。

……違う。男同士だからじゃない。菖蒲だからだ。

菖蒲と肌を重ねているから、想いを通じ合わせた愛しい男が相手だから、身が蕩けてしまいそうなほどの快楽を得られるのだ。もしも菖蒲が駆け付けてくれるのがもう少し遅かったら、聡介は互いの熱を分かち合う歓《よろこ》びも知らぬまま、冷たい骸に成り果てていたに違いない。

……せっかく生きて帰れたんだ。存分に、菖蒲の熱を感じたい。この期に及んで、躊躇う必要などどこにある？

沸々と滾る血潮が、僅かに残されていた理性を霧散させた。聡介は菖蒲の艶やかな黒髪をくいっと引っ張る。

「…聡、介…？」

「お前ばっかりは…、ずるい、だろう…」

俺にも触らせろ、と囁いた瞬間、こちらを見上げる菖蒲の黒い瞳にぎらついた光が宿った。どんなに麗しい容姿をしていても紛れも無い男なのだと物語る表情に目を奪われていると、一旦聡介の中から指を引き抜き、菖蒲が耳に唇を寄せてくる。

「…じゃあ…」

「……っ…」

提案された内容に聡介は満面に朱を注ぐが、欲望は羞恥を凌駕した。

ソファに仰向けで横たわった菖蒲の顔面に、促されるがまま尻を向ける格好で跨る。シックスナインなんて女の恋人相手にも経験は無いし、やりたいとも思わなかったが、この体勢の意義が初めて理解出来た気がする。

「……あ…っ、ああ……」

窮屈そうに盛り上がっていた菖蒲のズボンの前をくつろげ、下着をずらすや否や、今にも弾けてしまいそうな雄が目の前にそびえ勃ったのだ。身長も体格もさほど変わらないはずなのに、聡介のものより明らかに太く長いそれは、菖蒲の一部であることが信じられないほど禍々《まがまが》しかったが、自分だけではなく菖蒲も感じてくれていた証でもある。

「…あや、め…、好きだ…」

もしかしたら永遠に触れられなかったかもしれない雄に、聡介は躊躇いもせず頬をすり寄せ、菖蒲がしてくれたように先端を咥えてみた。口いっぱいに広がる青臭い味は決して美味いものではないが、不思議と甘く感じて、じゅぶじゅぶと喉奥まで迎え入れる。

「あぁ…、聡介、俺も好きだよ…、君だけが…」

「……ふ、うぅ…っ…！」

先端が喉奥をこつんと突いたのを見計らったように、尻穴が両側からこじ開けられ、にゅるりと柔らかいものが侵入してきた。指とはまるで違う感触は、きっと菖蒲の舌だ。

「…ん…、ん、う…、ぅ、…っ」

にちゅ、ぬちゅ、と尻の中を舐め回される未知の感覚に翻弄されながら、聡介は口いっぱいに頬張ったものを懸命に吸いしゃぶる。自分だけがあっさりと射精してしまうなんて、男としても恋人としても我慢ならなかった。菖蒲にもたっぷりと精液をぶちまけてもらわなければ、とうてい気が済まない。

「うう…、ん、ん…ぅっ…？」

だが、あと少しで絶頂に導けそうというところで、尻からずるりと菖蒲の舌が引き抜かれ、ぺちんと尻たぶを軽く叩かれた。振り返り、抗議の眼差しを送ると、どんな怒りも霧消させる微笑みを返される。

「…聡介のお口に飲んでもらうのもいいけど、最初はここに入れさせて欲しいな」

ひらひらと揺れた指が、唾液でぐしょ濡れにされた尻にぐちゅりと突き入れられた。これからこうして犯すのだと、教えるように。

「……ん…、う、ぅっ……」

「ほら、聡介のここ、さっきからもっと大きいのが欲しいってもごもごしてるよ。いっぱい食べさせてあげなくちゃ、可哀想《かわいそう》でしょう？」

菖蒲の甘い声音に、しとどに濡らされた尻の中がぐちゅぐちゅと掻き混ぜられる淫らな水音が交じり合い、聡介の頭に靄をかけていく。

一度達したはずの性器は、重力に逆らい、二人の身体の間で勃起していた。指だけでもこんなに気持ち良いのだ。聡介の口にも含みきれないこの大きなものを嵌められ、中を滅茶苦茶に小突き回してもらったら、どれほどの快感を得られるのだろう？

「……さあ、聡介……」

中をいじっていた指が引き抜かれたのを合図に、聡介は咥えていた菖蒲のものを解放した。いい子、とばかりに尻たぶを撫でた菖蒲が聡介の下から抜け出し、四つん這いになった聡介に覆いかぶさってくる。

「……あっ、あ…、あぁ…」

ぐちゅり、と唾液で潤わされた尻のすぼみにあてがわれた切っ先は、菖蒲が少し腰を進めただけで容易く中に押し入る。まるで聡介自ら尻穴をうごめかせ、呑み込んでいるように——いや、実際そうなのだろう。指と舌で解され、とろとろに蕩かされた尻は、菖蒲の言う通り、もっと圧倒的な熱と質量を歓迎している。

「い…っ、ひ…ぃっ、んっ、あっ」

念入りに慣らされたおかげで痛みはほとんど無いが、初めて身体の内側を拓かれ、他人を受け容れさせられる違和感と圧迫感はすさまじく、聡介の額を汗が伝い落ちた。無意識にソファカバーを握り締めてしまっていた両手に、熱い息を吐いた菖蒲がそっと己のそれを被せる。

「…大丈夫だよ…、聡介。力を抜いて…、すぐに善《よ》くなるから……」

「あ…、あぁ、あ…っ、ん…」

絡めた指ごと握り込まれると、無意識に強張っていた身体からすうっと力が抜けていった。そこを逃さず、菖蒲は一気に聡介を貫く。

「あ、ぁ……っ！」

菖蒲によって作り上げられていた間隙《かんげき》が、菖蒲によってみちみちと満たされていく。

抱かれる側でなければ決して味わえない強烈な快感は聡介の脳髄を痺れさせ、全身をわななと震わせた。菖蒲は正しかったのだ。確かにこの感覚は、一度味を占めてしまったら、二度三度と味わわずにはいられなくなる。まるで、薬物の中毒患者のように。

「あああ…ぁっ、は…、あっ、菖蒲…、あ、あや、めぇ…っ…」

「…聡介…、あぁ…、聡介と、やっと一つに……この日を、どんなに待ち望んだか……！」

まだまだここに居て欲しいと纏わり付く肉の懇願を振り切り、抜け落ちる寸前まで腰を引いた菖蒲が、ずどんと奥を突いた。聡介の引き締まった尻たぶに菖蒲の腰が打ち付けられるたび、ぱんぱんと肉と肉がぶつかる高い音が響き、股間の性器が歓喜の涙を流す。

「聡介…、愛してる、愛してるよ…、俺には君だけだ…、今までも、…これからもっ…」

「…やぁ…あっ、あ、あぁ…ん…！」

菖蒲らしくもない荒々しさで項に噛み付かれ、痛みさえも一瞬で快感に変化した。足腰の強靭《きょうじん》さには自信があったはずなのに、もう腰が半ば砕け、くずおれそうになっている。

「ああ…、あっ、菖蒲…、菖蒲…」

すり、と腕に頬をすり寄せると、息を詰める気配がして、聡介の手を握っていた指が解かれた。物欲しそうに開いていた口内に、それはするりと差し入れられる。

「んっ、んんっ、んぅっ……」

逡巡もせずかぶりつけば、じゅう、と未知の食感が広がった。歯触りは柔らかいが程よい弾力があり、今まで味わったどんな甘味とも違う甘みは、堪能すればするほど欲しくなる。

……花だ、と思った。これは聡介のためだけに咲いてくれた、菖蒲の掌の花だ。

「ふ…っ…、聡介、嬉しいよ…俺なんかの指を、そんなに気に入ってくれて…」

容赦無く奥を抉りながら、菖蒲は聡介の舌と口蓋に包まれた指もぐちゅぐちゅと蠢動させる。その動きは尻を突き上げる雄をそっくりなぞっていて、聡介を前も後ろも同時に犯されているかのような錯覚に陥れた。

「うぅ…、うっ…」

二人の菖蒲に口と尻を犯される自分を妄想したとたん、尻穴が疼き、根元まで突き入れられていた雄をきゅうっと締め上げてしまった。飽かず聡介の項を甘噛みしていた唇から苦しげな、だが紛れも無い情欲の滲んだ呻きが漏れる。

「…はぁ…っ…、聡介、いくよ…俺の全部、お腹の奥で受け止めて…」

「……う、……ふぅ…っ、……うう――……！」

どくん、と奥で雄が勢い良く弾けた瞬間、口腔《こうこう》を犯していた指も喉奥まで咥え込まされた。吐き気とすれすれの悦楽が、腹の中に出されたおびただしい量の精液と混じり合い、じわじわと染み込む。自分を形作る何かが急速に変えられていく感覚に、聡介は菖蒲の胸板とぴたりと重なり合った背をわななかせた。

……もう、戻れない。このえも言われぬ悦楽を与えられる前の自分には、きっと。

奇妙な確信がもたらされた時、どういうわけか漠然とした不安が胸に広がり、聡介はぞくりと身を竦ませた。だが、寒気にも似たそれは、ぬかるんだ腹の中を撹拌《かくはん》するぐちゅりという水音にかき消される。

「…う、ぅう、…んっ…」

まだ指を咥えさせられているせいで、まともに声を出せない。唇の隙間からひゅうひゅうと息を漏らしながら、聡介は肩越しに背後の男を睨みつける。

一旦抜いてくれ、という聡介の懇願が伝わらないはずはない。

「初心《うぶ》だなあ、聡介は」

けれど菖蒲は達したばかりの雄を十代の頃にも劣らぬ精力でみるまに回復させ、ぐっと聡介の手を握り込む。絡み付いた白い指が、束の間、蛇に見えたのは何故だろう。朱鷺色の指先は、相も変わらず花のように可憐《かれん》で美しいのに。

「やっと…、やっと聡介を俺だけの可愛い子に出来たのに、いっぺんきりで満足なんて出来るわけないやろう？」

「うう…うっ、ん…！」

冗談ではない。初めて他人を受け容れた身体は、一度でもう限界だ。

二度目など断固拒否するつもりだったのに、繋がったままの腰を小刻みに揺さぶられ、わざと音をたてて口内の指を出し入れされると、枯渇したはずの活力がよみがえる。中に出されると同時に達し、精液を出し尽くした性器が性懲りも無く熱を帯びる。

当然、菖蒲がそんな聡介の反応を見逃すわけがない。

「……愛させて。十年分……」

切なげな哀願は、くすぶり続けていた聡介の官能に再び炎を点《とも》した。


「……はい、聴取の方は滞り無く。忙しい時期に申し訳ありませんが、よろしくお願いします」

通話を終えると、菖蒲が聡介の耳元に添えていた携帯電話をそっと離し、通話終了アイコンをタップした。そのまま電源も切り、わざわざベッドに横たわった聡介の手には届かない壁際のライティングデスクに置いてくる。

「おい……」

仕事の連絡が入るかもしれないのに、と横目で咎めても、全く効き目は無い。

「そんな可愛い顔をしたって駄目だよ。事務所に連絡だけは入れたいって言うから、電話を許したんだ。ただでさえ事情聴取を終えたばかりで疲れてるのに、これ以上の労働なんて絶対に許しません」

「…お前は俺の母さんか」

使命感たっぷりに胸を張る菖蒲に、思わず突っ込むと、黒い瞳が甘く蕩けた。

「違うよ。俺は聡介の恋人」

しまった、と後悔したがもう遅い。ベッドに乗り上げた菖蒲が聡介の頭の両脇に手をつき、唇を重ねる。

「…う、…んっ、んんぅっ…」

毎夜の『手入れ』の際にも口付けは何度となく仕掛けられたが、想いを通じ合わせてからのそれはあらゆる意味で次元が違った。深さも、長さも、……甘さも。

たっぷり数分は貪られ、ようやく解放された聡介は、間近にある美貌を睨みつける。

「……恋人なら、よけいに疲れさせるような真似をするなよ」

「俺はただ、聡介がゆっくり休めるようにしてあげているだけだよ。ちょっと目を離したら、すぐに仕事に手を付けようとするんだから。少なくとも今週いっぱいは、じっくり療養してもらうからね」

菖蒲は悪びれずに聡介の前髪を梳《す》きやり、ころりと隣に横たわる。聡介が眠りに落ちるまで、傍で見張りをするつもりらしい。どちらかと言えば猫のように気まぐれで淡白だと思っていた菖蒲は、実はかなり甲斐甲斐しく情が深いのだと、長い付き合いでも初めて知った。

……これも、恋人同士になったからか。

ぽんっと自然に出てきた考えに、聡介は頬を紅く染めた。

ほのかに菖蒲の匂いの漂う布団に包まれ、傍《かたわ》らには、自分を優しく見守る麗しい男の気配。このままぼうっとしていたら、さんざん色々と絞り取られたはずの身体が再び火照《ほて》ってしまいそうで、二時間ほど前、菖蒲のマンションを訪れた警察官の話を思い返す。

——聡介の予想通り、菖蒲と聡介が黒塚邸を密かに抜け出した翌日の今日、警視庁から二人組の警察官が事情聴取に訪れた。本来なら聡介は邸に残り、捜査に協力しなければならなかったのだが、菖蒲が聡介の火傷の治療をしたあの病院から診断書を周到にもらっておいてくれたおかげで、二人の態度は慇懃《いんぎん》そのものだった。

聡介が弁護士であり、かつ被害者というのも大きいだろう。ベッドに横たわったままの聡介に、こんな時に申し訳無いと詫びさえした。聡介がベッドから出られないのは、鴻太郎に盛られた薬の影響ではなく、翌日に聴取があると知りながら十年分の想いを遂げた菖蒲のせいなので、聡介の方こそ職務に忠実な二人に申し訳無くてたまらなかったのだが。

事件の大まかな流れは賢次郎が説明しておいてくれたらしく、聡介は黒塚邸に拉致されるまでの経緯をかいつまんで話すだけで良かった。職務上、賢次郎は警察幹部とも交流があり、部下にも元警察官やらキャリアやらが多い。

二人の警察官曰く、聡介たちが去った後、鴻太郎と隼次郎は駆け付けた警察によって逮捕されたそうだ。容疑は聡介の誘拐だが、聡介が拳銃で殺害されそうになった件を証言し、またそのサイレンサー付きの拳銃が発見されたことによって、殺人未遂の罪も加わった。

拳銃の不法所持や、暴力団組織との関係も追及され、あの気弱な顧問弁護士ではとうてい執行猶予など望めまい。唯一心配だった菖蒲の鴻太郎への暴力も、鴻太郎が拳銃を用いていたことで、過剰防衛は問われずに済みそうだ。

しかし、鴻太郎たちへの真の制裁は、裁判所ではなく社会から下されることになるだろう。

伝統ある華道の家元候補が、お家騒動の末に弁護士を拉致し、殺害未遂に及んだ一件はすでにマスコミ各社によって大々的に報道されている。春暁流の広報は対応に追われ、各支部や教室も臨時閉鎖を余儀なくされたそうだ。『イーリス』の社長と菖蒲が同一人物であることもすでに嗅ぎ付けられ、『イーリス』にも取材の申し込みが殺到しているという。

聡介の誘拐及び殺人未遂は、法的に言えば、鴎太郎の遺産相続には何ら影響しない。だが、犯した罪がこれだけ広く知れ渡り、醜聞にまみれてしまっては、いくら現家元の実子といえども次期家元には決して据えられないだろう。

彼らは人一人を殺《あや》めてまで手に入れようとした次期家元の座を、永遠に失ってしまったのだ。…自業自得と言えばそれまでだが。

調停に関しては、代理人が居るので続行自体は可能だが、たぶんあちらから取り下げるはずだ。こうなっては鴻太郎たちの証言に信憑性の欠片も無いと判断されるだろうし、刑事告訴されているのに調停までとても手が回らない、という現実的な問題もある。

鴻太郎と隼次郎の裁判はまだまだこれからだし、二人もの逮捕者を出してしまった春暁流の行く末や、未だ目を覚まさない鴎太郎の病状といった不安要素は山積している。事情を聞いた父が今週いっぱいの休暇をくれ、その間の代理を雪也が引き受けてくれたおかげでしばらくは休養に専念出来そうだが、休暇の後に待ち受けているのは混沌《こんとん》だ。耳聡いメディアは、鴻太郎に拉致された弁護士が聡介だと突き止め、取材攻勢をかけてくるに違いないのだから。

『正義の弁護士』椿雪也の同僚というのも手伝って、相当面倒な事態に陥りそうである。今から気が重い。

……けれど……。

「どうしたの？　聡介。お腹でも空いた？　何か温かいものでも作ってこようか？」

じっと見詰めたとたん、菖蒲はいそいそと起き上がった。この甲斐甲斐しい男は、隙あらば聡介を甘やかそうとして、しかもそれがひどく心地良いのだからたちが悪い。お前に見惚れていた、と素直に白状すればますます甘やかしが悪化しそうで、聡介はとっさに話題を見繕う。

「…いや、遺言書はどこにあるんだろうと考えていたんだ」

事情聴取の際、守護神の如く付き添っていた菖蒲も当事者として聴取を受けたのだが、鴻太郎の犯行の動機にもなった鴎太郎の遺言書については知らないと証言していた。聡介の予想通りだ。

しかし鴻太郎があそこまで思い詰めていたのだから、菖蒲が知らないだけで、どこかに存在はしているのではないかという疑念が拭い切れない。疑惑をそのままに出来ないのは、職業病のようなものだ。

「と言われてもねえ…。刑事さんにも説明した通り、俺は父さんから遺言書のことなんて何も聞いてないよ。そもそも、半年前に手箱をもらった以外、連絡すら取り合っていなかったわけだし」

「ああ、あの手箱……」

重要な書類の保管に使っているという手箱を思い浮かべた直後、ああっ、と聡介は大声を上げながら起き上がった。

「そうか…、もしかしてあの手箱が…」

「そ、聡介?」

目を瞠る菖蒲に、聡介は手箱をここに持って来てくれるよう頼み込んだ。菖蒲は訝しみつつも、すぐさま願いを叶えてくれる。

「初めて見せてもらった時、何か妙だと思ったんだ」

菖蒲の許しを得てから、聡介は蒔絵の蓋を開ける。中は空で、底が露出した状態だ。横から覗き込んだ菖蒲が首を傾げる。

「…妙って?」

「あの時は俺もわからなかったんだが、今やっと気付いた。…ほら、この内側の底。箱の深さよりも少し高くないか?」

外側から見た手箱の高さはだいたい十センチ程度だが、内側の底はその三分の二ほどの位置に嵌め込まれている。つまり外側の底との間に、二、三センチくらいの隙間があるのだ。

「ああ、言われてみれば…でもそれがどうかしたの?」

「確かお前、この手箱が送られてきたのは半年前だと言っていたよな?」

「うん、そうだけど…」

「鴻太郎が父親の遺言書を目撃したと言っていたのも、半年前だ」

「……あっ！」

そこまで言及されれば、菖蒲もようやく聡介の言わんとするところを悟ったらしい。

そう、時に真実はすぐ近くにあるものなのだ。

——昔、国税庁に勤める友人から聞いた話だが、脱税疑惑のかけられた会社社長の家に捜索に入った折、邸じゅう探し回っても、内偵で必ず存在すると断定されていた隠し金は発見されなかった。隠し金が見付からなければ、摘発は不可能である。右往左往する捜査員たちを、社長は座したまま、不気味な笑みを浮かべて見守っていたそうだ。

結果から言えば、隠し金は見付かり、社長は脱税の疑いで逮捕された。どこに隠していたんだ、と驚く聡介に、友人は苦笑して教えてくれたのだ。

『それがさ、社長が座っている畳を試しに剝がしたら、その床下に埋めてあったんだよ』

言われてみれば、何ということもない場所。人の盲点をつく場所こそ、隠し場所には向いている。

「…ん？　ここは…」

手箱を彩る蒔絵を探っていた指先が、ごく小さな突起に触れた。菊花の花弁に浮かぶ露を模した、ごく小さな真珠だ。気になって力を入れると、真珠はすっと奥に引っ込み、手箱の内側の底が外れたではないか。

「二重底になっていたのか…」

聡介が外れた底を取り除くと、そこには一通の封筒が収められていた。流麗な文字で記された表書きは――『遺言書』。

「……父さんの字だ」

菖蒲は震える手で封筒を取り上げ、中に折りたたまれて入っていた紙を広げた。眼差しで促され、菖蒲と一緒に読み進めるうちに、聡介の胸を熱いものが満たしていく。

内容は鴎太郎の所有する財産の目録に始まり、財産を三人の息子たちに均等に相続させるものだった。形式に不備は無く、しかも公正証書であるため、鴎太郎の死後は複雑な手続きを経ず相続を開始出来る上、偽造を疑われる余地も無い。

半年前、鴎太郎は遺言書を作成した後、密かに公証人役場に出向き、手元に残されたこの正本を手箱に隠して菖蒲に送ったのだろう。顧問弁護士にさえ内密にしたのは、おそらく、あの気弱な老人が鴻太郎たちの言いなりにされるのを恐れたからだ。

だが、聡介の胸を震わせたのはそんなことではない。遺言書の最後――『春暁流次期家元には三男菖蒲を指名する』と記された一文だ。

「…菖蒲…、良かったな、菖蒲…」

溢れそうになる嗚咽を噛み殺し、聡介は呆然と書面に見入る菖蒲の肩を抱いた。のろのろと上げられた顔にいつもの微笑は無く、困惑に染まっている。唐突すぎる展開に、頭が付いていっていないらしい。

「聡介…これ、どういう意味…？」

「読んだままの意味だろう。鴎太郎氏は鴻太郎と隼次郎と同じだけの遺産をお前に遺した上で、お前を次期家元に指名した。……お前を、息子だと認めていたんだよ」

「…本当…、に？　嘘じゃ、なくて？」

「ああ、嘘なんかじゃない。血が繋がっていなくても、鴎太郎氏にとってお前は間違いなく息子だったんだろう」

黒塚鴎太郎という人物に対する聡介の認識は、はっきり言って最悪だった。菖蒲を進んで虐待したわけではないが、ほとんど居ないも同然に扱い、兄たちの横暴を制止するでもなく、高校生になったばかりの息子を遠い東京へ追いやった冷酷な人物だ。敢えて菖蒲との親子関係を否定しなかったのも、春暁流をこれ以上の醜聞にまみれさせないためだとしか思わなかった。

…だが、決してそうとばかりは言えなかったのだろう。

鴻太郎は言っていた。鴎太郎は春暁流のためなら鬼になれる、春暁流を隆盛させられるなら己の血を引かない者でも後継者に据えかねないと。

華道は聡介の理解の及ばない世界だが、菖蒲を己の後継者に指名したのなら、鴎太郎は菖蒲の才能を三兄弟の誰よりも買っていたということだ。それは取りも直さず、菖蒲を血筋ではなく才能で繋がった我が子と認めていた――そういうことにならないだろうか。

東京へ行かせたのも、親としては誉められた行いではないが、鴻太郎たちの虐めや噂話から菖蒲を守るためだったとも取れる。本当のところは、鴎太郎が意識を取り戻しでもしない限り確かめようもないけれど…。

「俺は…、父さんの息子だって、胸を張ってもいいのかな……？」

「――ああ、当然だ。異議を申し立てる奴が居たら、俺が完膚なきまでに叩きのめしてやる」

物心ついて以来家族の情愛に飢えていた恋人のために、聡介は毅然《きぜん》と断言した。

菖蒲の出自を知る黒塚家の一族や春暁流の幹部には、菖蒲の次期家元襲名に反対する者も居るかもしれない。遺言書に従うか否かは菖蒲次第だが、もしも彼らが菖蒲の障害となり、その心を傷付けようとするのなら、代理人として徹底的に叩き潰してやるつもりだ。

潤んだ瞳を擦った菖蒲が、くすりと笑みを漏らした。

「…すごいね、聡介。本物の弁護士みたい」

「みたい、じゃなくて本物なんだが…」

二人は顔を見合わせ、揃って笑う。十年ぶりの再会を果たしたあの日、同じ遣り取りをしたことを思い出したのだ。混乱と葛藤ばかりが渦巻いていたあの日からさほど経っていないのに、二人の関係もずいぶんと変わったものだ。

隣に潜り込んで来た菖蒲が、こてん、と聡介の肩に頭を預けた。

「…何だか、夢みたいだ。聡介が俺だけの可愛い子になってくれて、父さんが俺を認めてくれていたとわかって…幸せすぎて怖いって、こういうことを言うのかな」

「ちゃんと現実だから安心しろ。何ならつねってやろうか？」

「うーん……つねってもらうよりも、俺はこっちの方がいいな」

妖しく宙をさまよった菖蒲の手が、布団に――パジャマ代わりに着せられた聡介の浴衣の中に潜り込む。意図を察した聡介が身をよじるより早く、下着をずらされ、性器を握り込まれた。

「あっ…、菖蒲、お前、何を考えて…、あ、ぁっ…」

「現実だと信じさせて欲しいだけだよ。聡介の熱で……ねえ、いいでしょう？」

……今週いっぱいはじっくり療養してもらうと張り切っていたくせに、何を身勝手な！

湧き起こった反論は、淫らに性器を扱く指と、聡介だけを映す黒い瞳に容易く封じ込まれてしまう。

「……一回、だけだぞ」

まさかこんな台詞を、素面《しらふ》で口にする羽目になるなんて——。

羞恥に染まった顔を見られないようそっぽを向きながら、聡介は激しさを増す愛撫に身を任せた。


警察から不可解な連絡が入ったのは、聡介が事務所に復帰した数日後のことだ。誘拐及び殺人未遂の容疑で取り調べを受けていた鴻太郎と隼次郎が、『イーリス』のオフィスを荒らし、従業員を襲撃した件については頑《かたく》なに否認し続けているのだという。

「誘拐と殺人未遂の方は認めているのに、ですか？　妙な話ですね」

聡介が警察官の話をそのまま話して聞かせると、雪也は不可解そうに眉を顰めた。

聡介の恩人でもあるこの後輩には、復帰した初日に丁寧に礼を伝えてある。菖蒲という規格外の恋人を得た今、ヒモ同然の男を恋人に持つ雪也への気まずさも、違和感も綺麗に消え失せてしまっていた。そのおかげか、二人の関係は以前通りに修復されつつある。

「雪也もそう思うか？」

「ええ。どうせ実刑は免れないんですから、そこに窃盗と傷害が加わったところで量刑には大差ありません。しかも、罪状はこれからも増えるんでしょう？　むしろ素直に認めた方が裁判官の心証も多少は良くなりますし、あちらの弁護士もそう勧めているはずなんですが」

「力関係のせいで、説得しきれていないのかもしれないが……」

自分で言っておきながら、それは違うのではないかと、聡介は首を傾げずにはいられなかった。今回は調停ではなく、刑事訴訟の被疑者になってしまったのである。少しでも罪を軽くするためなら、いくらあの傲岸不遜な兄弟でも、専門家の忠告は聞き入れるのではないだろうか。

にもかかわらず、頑なに認めないのは――それが真実だからか？

「…いや、無い。ありえない」

ふっと閃いた疑問を、聡介は頭を振って追い出した。鴻太郎たちの犯行でなければ、一体誰が犯人だというのだ。あのタイミングで菖蒲のオフィスを荒らし、従業員を襲う動機のある人間など、彼ら以外に考えられない。彼らはずっと、なりふり構わず鴎太郎の遺言書を探し続けていたのだから。

…なのに、胸にわだかまって消えないこの黒い靄のような感覚は、何なんだ…？

「あの、若先生。若先生にお電話が入っているんですが」

無意識に左胸を押さえた聡介に、理恵が自分の席から受話器片手に呼びかけてきた。腕時計をくれたのは友人だと雪也から聞かされたはずだが、すっかり恋人が出来たものと思い込まれたらしく、最近は微妙に距離を取られている。

「電話？　どちらから？」

「それが、京都の飛鳥井《あすかい》総合病院の、勤務医の方だと…」

胸に巣食った黒い靄が、ゆらりと揺れた。

飛鳥井総合病院といえば、確か菖蒲の父、黒塚鴎太郎が入院している病院だ。黒塚家の親族が経営しているそうで、色々と融通が利くらしい。

入院中の鴎太郎の世話は鴻太郎と隼次郎が引き受けていたので、事件の後、菖蒲は病院に事情を説明すべく、一度京都に赴いている。鴎太郎の意識は戻らないままだったが、今後について担当医師や看護師と相談してきたそうだ。

おそらくその際に、代理人である聡介の連絡先も伝えておいたのだろうが…まさか、鴎太郎がとうとう危ないのだろうか？　ならば聡介などよりも、まず菖蒲に連絡が行くはずだが…。

「…その方なら大丈夫です、心当たりがありますから。こちらに回して下さい」

「はい、わかりました」

理恵はほっとした顔で、電話を聡介のデスクに回してくれる。鴻太郎の一件以来、知人を騙《かた》ったマスコミ関係者が聡介と繋ぎを取ろうと必死なので、事務所じゅうが過敏になっているのだ。

聡介は騒ぐ心臓をなだめ、受話器を取った。

「もしもし、お電話替わりました。宇都木と申しますが」

『ああ、宇都木総合法律事務所の宇都木聡介先生でいらっしゃいますか。私、黒塚鴎太郎さんを担当しております、医師の和泉《いずみ》と申します』

和泉の穏やかな声が、どこか緊迫感を帯びている。やはり鴎太郎の容体が急変したか、と聡介は受話器を握り締めたが、告げられたのは思いがけないことだった。

『実は…先ほど、黒塚さんが意識を回復なさいまして』

「えっ……!?　それは本当ですか？」

何事かと振り向いた同僚たちに手を挙げて謝り、聡介は声量を落とす。

『はい。容体は未だ予断を許しませんが、記憶に混濁も無く、意識ははっきりとなさっています』

「そう…、そうですか…」

意識が戻らないまま亡くなる可能性も高いと言われていたのだ。目を覚ましてくれたのは、息子たちの醜い争いに心を痛め、最期の別れを告げたかったのかもしれない。菖蒲もきっと喜ぶはず——。

聡介の喜びに水を差したのは、受話器の向こうの医師だった。

『…それで、唐突で申し訳無いのですが、菖蒲さんには何も知らせず、先生お一人で病室においで頂けないものかと』

「…は？　私だけに？　……もしや、菖蒲さんにまだ連絡なさっていないのですか？」

菖蒲は今や、すぐに連絡がつく唯一の息子である。てっきり聡介より先に一報がもたらされたはずだと思っていたのに、はい、と和泉は肯定する。

『菖蒲さんにはまだ知らせず、宇都木先生お一人に会いたいと、黒塚さんご本人たってのご希望なのです。さもなくば安心して逝けないとまでおっしゃって…私も、まずご家族をお呼びするべきだと何度も説得したのですが…』

「…………」

困惑しきっているのは、聡介も和泉と同じだった。どうしてそこまで鴎太郎が聡介との対面を切望するのか、まるで見当がつかない。しかも、残り僅かな寿命を費やしてまで…。

「……わかりました。これからそちらに伺います」

ざわめく胸の黒い靄にそそのかされるように、気付けば聡介はそう答えていた。もしも鴎太郎の願いを無下にしたら、一生後悔しそうな予感がしてならなかったのだ。

聡介はしきりに礼を述べる和泉から病院の所在地を聞き出し、通話を終えるとすぐに準備に取り掛かった。幸い、今日の予定に入っていた民事訴訟の第一回口頭弁論は電話会議での参加だったため、二時間もすれば身体は空く。

父の賢一にはどうしてもクライアントと現地で面談しなければならないと伝え、慌ただしく事務所を出たのは、午後二時近くだった。品川《しながわ》駅でなんとかのぞみに飛び乗れば、京都までは二時間と少しだ。

……本当に、菖蒲に何も告げなくて良かったのだろうか？

指定席に落ち着き、到着まで持ち込んだモバイルで書類を片付けようとするが、全く仕事が手に付かない。懐に入れた、携帯電話ばかりが気にかかって。

『遅くなっても構わないから、夕ご飯は一緒に食べようね。お仕事頑張って、ずっと待ってるよ』

品川を出発してすぐ、今日は帰りが遅くなるから先に休んでくれ、と入れたメールに、菖蒲は一分もかからずそう返信を寄越した。鴻太郎たちが逮捕されてからというもの、後継者候補としてさすがに引きこもってばかりいられなくなった菖蒲だが、朝晩は必ず在宅し、聡介に手作りの温かい食事を振る舞ってくれる。夕飯など、聡介がどんなに仕事で遅くなっても箸をつけずに待っているのだ。

——だって聡介は、俺だけの可愛い子だから。俺のところに帰って来てくれるのが、嬉しいんだ。

そう健気に微笑む菖蒲は、ついに得られなかった家族も、聡介に求めているのかもしれない。鴻太郎たちの逮捕により賢次郎の警備も終了し、同居の必要性が無くなってもなお菖蒲のマンションに留まっているのは、菖蒲の悲しむ顔を見たくないからだ。

「…もう、着くまで休むか」

書類作成を諦めた聡介は、モバイルの電源を落とし、リクライニングシートにもたれかかった。かざした腕時計は、事務所復帰の日、菖蒲から改めて贈られたものだ。もう危機は去ったから、GPSを仕込んだ時計は必要無いだろうと言って。

時刻は午後三時十二分。到着まであと一時間は眠っていられるのに、瞼を閉ざし、新幹線の揺れに身を任せていても眠気は訪れてくれない。

鴎太郎は何故真っ先に家族ではなく、面識も無い聡介に会いたがったのか。そこまでして何を伝えたいのか。疑問ばかりが頭をぐるぐると回っている。

宙をさまよった手が、スーツの胸ポケットに挿した曾祖父の万年筆を無意識にまさぐる。雪也が拾っておいてくれたのだが、落とした弾みで内部が破損し、インク漏れするようになっていたのを、菖蒲がわざわざ業者を探して修理させてくれたのだ。

正義感の塊のような人で、弱者を助けるためなら自弁も厭《いと》わなかったという曾祖父なら、悩める曾孫にどんな助言をくれるのだろうか。

　のぞみが京都駅のホームに滑り込むまでの間、聡介は高速で流れ去る車窓の景色をぼうっと眺めていた。

　京都駅に到着し、タクシーで飛鳥井総合病院に乗り付けたのは、午後五時過ぎのことだった。広大な敷地に四つの病棟を有する大病院だが、鴎太郎が入院しているのは最奥のD棟だ。財力に加え、病院に強力な伝手《つて》が無ければ入れない特別病棟だそうだ。

　そのせいか、まだ面会時間終了まで間があるにもかかわらず、高級感溢れる病棟内に見舞客の姿はほとんど見かけなかった。スタッフルームで名乗ると、すでに話は通してあったらしく、看護師がすぐに和泉を呼び出してくれる。

「遠くからよくいらして下さいました。無理なお願いを聞き届けて頂き、ありがとうございます」

　聡介が差し出した名刺を押し頂き、和泉は深々と頭を下げた。電話で話した時もそうだったが、癖の無い綺麗な標準語を喋る。地元の人間ではないのかもしれない。

「いえ、黒塚さんは私の友人のお父上でもいらっしゃいますから。…その後、ご容体はいかがでしょうか？」

「宇都木先生のお返事を聞かれてからは、多少気力も戻ったようです。先生のおいでを、病室でずっとお待ちになっています」

そう言いつつも和泉の表情が芳しくないのを見ると、病状は決して良くはないのだろう。聡介との面会など、医師としては断固やめさせたいに違いない。最終的に鴎太郎の我がままを許したのは…おそらく、残された時間がそれだけ少ないからだ。

挨拶が済むと、和泉は聡介を四階の南側一角を使った病室に案内した。

「私は隣の部屋で待機しておりますので、ここから先は先生お一人でどうぞ。他の人間は近付けないようにしておきます。何かありましたら、中のナースコールを押して下さい」

「…はい。ありがとうございます」

通された病室は応接間に座敷まで備えた、豪奢な設《しつら》えだった。広々とした部屋の中央に医療用ベッドさえ置かれていなければ、ホテルの一室と間違えてしまいそうだ。

室内は間接照明の柔らかな光に照らされ、暖房で程よく暖められている。それでも足を踏み入れた瞬間、背筋がひやりとしたのは、あちこちに飾られた花々でも払拭しきれない濃厚な死の気配のせいなのか――。

「……宇都木先生、か……？」

くぐもった声をかけられ、聡介は我に返った。足音をたてないよう注意を払い、ベッドの傍らに歩み寄る。

「…初めまして。弁護士の宇都木聡介と申します」

弁護士という職業柄、死期の近い人間と対面するのは初めてではない。だから否応無しにわかってしまった。何本もの管に繋がれ、大きなベッドに埋もれるようにして横たわるこの枯れ木のように痩せ細った老人は、あの世に片足を突っ込んでいるのだと。

……この人が、黒塚鴎太郎…菖蒲の法律上の父親なのか。

菖蒲に似ていないのは当然だが、病でげっそりとこけた顔は、ホームページに掲載されていた写真とはまるで別人だ。落ちくぼんだ眼窩《がんか》の中の双眸だけが、迫りくる死神に抵抗するかのようにぎらついた光を放っている。

「…突然…、こんなとこに呼び付けて、すんまへん。良ければ…、そこに、かけてくれ」

「え…、ですが…」

傍らの椅子を勧められ、聡介は戸惑った。あまり長く話し込んでは、鴎太郎の弱った身体に負担をかけてしまいそうだ。

「ええから…、かけてくれ。君は背が高いから、ずっと見上げてると疲れてしまうし…」

そう言われてしまうと、従わざるを得なくなる。聡介は椅子をベッドの傍に引き寄せ、そっと腰を下ろした。看護人を呼び付け、茶を出させようとするのを断り、慎重に申し出る。

「あの…、伺っておいてなんですが、私などよりもご子息をお呼びになるべきではありませんか？」

本人の希望で、鴎太郎には鴻太郎と隼次郎が犯した事件を簡単に説明してあると、和泉はここに案内する間に話してくれた。菖蒲だけは呼べばすぐに駆け付けられる状態だと、鴎太郎は知っているはずなのだ。

「…いや、それやったら意味が無い。私が和泉先生に頼み込んで、君だけを呼び出してもろたんは…死ぬ前に、懺悔しときたかったからやし」

「……懺、悔？」

それは、長い間菖蒲につらい思いをさせたことに対してか？

いや、それならこうして呼び出されるべきは聡介ではなく、菖蒲のはずだ。今日初めてあいまみえた聡介に、何を懺悔しようというのか？

聡介の混乱をよそに、鴎太郎は虚《うつ》ろな眼差しを空に向け、淡々と語り始める。

「……もう、三十年近く前になるか……」

今でこそ多数の支部や教室を全国規模で展開する春暁流だが、三十年ほど前には破綻寸前まで追い詰められていたそうだ。鴎太郎は優れた華道家ではあったものの、経営者としての才能には恵まれていなかったのである。

ちょうどバブルが弾け、生徒数が激減し、所有する不動産の資産価値が急降下したのも窮状に拍車をかけた。融資を申し出てくれる金融機関も無く、破産は時間の問題だったそうだ。春暁流に限らず、あの時代にはそうして消えていった流派は数多い。

だが、先祖代々受け継がれてきた流派を自分の代で絶やすなど、鴎太郎には絶対に受け入れられなかった。春暁流を存続させられるのなら悪魔に魂を売ってもいい、とまで思い詰めた鴎太郎に、まさしく悪魔のような男が誘いをかけたのだ。

「…先生は、五百蔵宗司《いおろいそうじ》という男をご存じか？」

「…はい、勿論」

訝しみながらも、聡介は頷いた。五百蔵宗司は京都を本拠地とする世界的ホテルチェーン、五百蔵リゾートの経営者だ。アメリカの有名大学に留学経験があり、卓越した経営手腕で破綻寸前のホテルを幾つも再生させ、若くして巨万の富を築き上げた有名人である。

確か、聡介の父親と同世代のはずだ。知らない者の方が珍しいだろうが、何故、今ここでその名前が出てくるのか。

答えは、聞くもおぞましいものだった。

「…あの男は私の旧《ふる》い知人やけど、長い間、私の妻、靖子に横恋慕しとった。忘れもせん二十八年前のあの日、五百蔵は私のもとを訪れ、融資を持ち掛けてきたんや。…妻の身を、一晩、思いのままにさせることを条件に」

「……っ…！」

何の前触れも無く横っ面を叩かれたような衝撃が、聡介を襲った。

——親父は…家元は、春暁流のためなら鬼にでもなれる人や。

鴻太郎の言葉がまざまざとよみがえり、嫌な予感をかきたてる。こんなもの、当たっていて欲しくない。早鐘を打つ心臓を、聡介は曾祖父の万年筆の上から押さえる。

「…貴方は…、五百蔵氏の申し出を、受けられたのですね」

否定して欲しかった。けれど鴻太郎は、無情にも枕に埋もれた首を小さく上下させた。

「一晩だけという約定を、五百蔵は守った。…融資も実行された。せやけど妻は、そのたったいっぺんきりの行為で、菖蒲を身ごもってしまった。臥《ふ》せった妻はなかなか診察を受けようとせず…妊娠が判明した時には、もう中絶可能な期間を過ぎとった」

その後の展開は、病人に語らせるまでもあるまい。

愛する夫によって他の男に差し出されただけでも心に深い傷を負っただろうに、その男の子まで産まざるを得なくされたのだ。菖蒲の母、靖子は菖蒲を産んだ直後に自殺したという。あれは不義の子を産んだ自責の念によるものではなく、夫も誰も信じられなくなった末の悲劇だったのだろう。

「…なんてことだ…」

菖蒲が二人の兄を始め、周囲から軽侮されてきたのは、母親の浮気によって生まれた子だとされていたせいである。だが実際はどうだ。責められるべきは靖子でも、菖蒲でもない。金と引き換えに妻を差し出した、目の前のこの男ではないか。

相手が死病に取りつかれていなければ、聡介はきっと鴎太郎を殴り飛ばしていた。懺悔などと、よくもほざけたものだと思う。

菖蒲が物心ついて以来孤独を強いられてきたのは、この男が醜聞を恐れるあまり、靖子が浮気をした挙句不義の子を産んで自殺した、という世間の噂を放置したせいだ。せめて身内…鴎太郎と隼次郎だけにでも告白していれば、父親としての威厳は失っても、菖蒲は二人の兄からあそこまで憎まれずに済んだかもしれないのに。

「…ずいぶんと、お怒りのようやな」

他人事のような口ぶりの鴎太郎に、怒鳴りつけそうになるのを堪え、聡介はポケットから抜き取った万年筆を握り締めた。冷たい感触が、遠のきかけた理性を引き戻してくれる。今、自分は弁護士としてここに居るのだ。感情は抑え、依頼人の利益のために動かなければならない。

「…お話はわかりました。確かに私はご子息…菖蒲さんの代理人ですが、懺悔とおっしゃるなら、私から菖蒲さんにお伝えするよりは、黒塚さんご自身が直接お話しになった方が良いと思います」

もう、これ以上、鴎太郎にかけるべき言葉は無い。

万年筆を仕舞い、立ち上がろうとした聡介を、か細い声が引き留める。

「ちゃう…。私が懺悔したいんは、菖蒲ではおまへん。…あんたや、宇都木先生」

「…私…、に？」

てっきり、面と向かって本人に吐露するのはつらいから、聡介から菖蒲に伝えてもらうために呼ばれたのだと思っていた。初めて会う鴎太郎に懺悔される覚えなど、聡介には無い。

「…頼む。聞いて下さらへんか」

理性では、構わず退出し、後は和泉に任せるべきだとわかっていた。だが僅かな生気を振り絞るような眼差しに縋《すが》られ、聡介は浮かせていた腰を再び椅子に落ち着ける。

「私に懺悔をなさりたいとは、どのような意味でしょうか。私が黒塚さんにお目にかかったのは、今日が初めてのはずですが」

それは間違いない、と鴎太郎は頷き、息を吐き出した。少しずつだが、さっきから呼吸が早く、浅くなっているような気がする。ナースコールすべきだろうか。

「…先生。私は貴方を、鬼の生贄《いけにえ》にしてしもた。それを懺悔したいんや」

「お、……鬼？」

かすれた声で紡がれた『懺悔』の意外さに、ナースコールなど一瞬にして頭から消え去ってしまった。鬼の生贄？　この老人は、いきなり何を言い出すのだろうか。もしや再び、意識不明に陥る予兆なのか？

「そうや。あれは……、菖蒲は、鬼なんや……」

隣室の和泉を呼びに行くべきかどうか逡巡しているうちに、鴎太郎は信じ難い真実を語り始める。

今から二十数年前——五百蔵から受けた多額の融資のおかげで春暁流は危機を乗り越え、命脈を保った。過ちを繰り返すまいと邁進《まいしん》する鴎太郎に、菖蒲がどこからか探し出してきた亡き母の日記を見せたのだという。

その日記には、夫や五百蔵への恨みつらみを始め、靖子の身に起きた悲劇がこと細かに記されていた。妻がそんなものを遺していたことを初めて知らされ、驚愕する間も与えず、菖蒲は鴎太郎に迫ったのだそうだ。

『ねえ、お父さん。このことをみんなにばらしたら、どうなっちゃうかなあ？』

死んだ妻そっくりの顔で無邪気に微笑む菖蒲に、鴎太郎は逆らえなかった。家元が妻を金で差し出した上、不義の子を産ませて死なせたなど、露見すれば今度こそ春暁流はおしまいだ。

その日から、鴎太郎は菖蒲の下僕に成り下がった。

鴻太郎と隼次郎たちが菖蒲を虐げるのを止めなかったのは、真実を暴露するわけにはいかなかったのもあるが、最たる理由は菖蒲が兄たちとの馴れ合いを望まなかったからだ。実父の五百蔵の血のなせる業か、ありとあらゆる才能に恵まれながら、菖蒲は何に対しても興味を持たなかった。自分と母親を貶める噂話や、周囲の人間の興味本位の視線にすら。半分は血の繋がった兄たちなど、菖蒲にとっては煩わしい害虫でしかなかったのだ。

「…妻が逝ってから、黒塚家をほんまの意味で支配してきたのは菖蒲や。私は、あの子の言いなりになってきたに過ぎひん。東京へやったんも…、あの子の希望やった。うちは雑音が多すぎるし、鴻太郎らが年々鬱陶しなってくるしと…」

「……待って下さい」

思わずさえぎった声は、我ながら情けなくなるほど頼りなく、しゃがれていた。くすぶり続けていた黒い靄は、今やどろりとした澱《おり》と化し、胸の奥で渦を描き始める。

「…さっきから、何をおっしゃっているんですか？　だって…、だって、ありえないじゃないですか。黒塚家を支配するなんて…その時、菖蒲はまだ小学生になるかならないかの、子どもだったはずでしょう？」

反論するうちに、失いかけていた自信が少しずつ回復していく。そうだ、年齢云々《うんぬん》の前に、そもそも菖蒲が鴎太郎を脅迫すること自体ありえないではないか。仮に母親の日記が実在したとしても、あの菖蒲が…家族の愛情に飢えていた孤独な少年が、愛して欲しいと願っていた父親に、そんな真似をするはずが――。

「…菖蒲鳥、という鳥を、先生はご存じかな？」

唐突すぎる発言の意図が理解出来ず、聡介は目をしばたたいた。知らないと取ったのか、どちらでも良かったのか、鴎太郎はすぐに言葉を続ける。

「菖蒲鳥は、ホトトギスの別名や。ホトトギスはカッコウと同じく、托卵《たくらん》をする。…他の鳥の巣に卵を産み付け、温めさせるんや。やがて産まれた雛《ひな》は育ての親鳥より大きく成長し、巣の支配者になる。理屈ではおまへん、生まれ持った本能でな…」

「…あ、貴方は…！」

とうとう迸《ほとばし》る怒りの衝動を抑えきれなくなり、聡介はがたりと椅子を蹴倒す勢いで立ち上がった。拳をきつく握り込んでいなければ、相手が病人だとわかっていても殴りつけてしまいそうだ。菖蒲の名前だけが仲間外れではないのはわかったが、まさかそんな由来だったとは。

「言うに事欠いて、菖蒲がホトトギスの雛と同じだとおっしゃるのですか？　菖蒲は…、あいつは俺の家に招かれるたび、俺の家族を羨ましそうに眺めていた。いつだって、家族の愛情に飢えていたんだ。あいつをそうさせたのは、貴方たちだろうが…！」

吐き出してしまってから、言葉遣いがすっかり崩れていたことに気付いたが、もう構わなかった。菖蒲が慕う相手だろうが、死にかけの病人だろうが知るものか。あのいじらしい恋人を侮辱し、悲しませるのなら、絶対に許せない。

怒りの炎を燃やす聡介に、だが鴎太郎は予想外の反応を示した。炯々《けいけい》とした眼光を、にわかに和らげたのだ。まるで、壊れやすいものを慈しむように……あるいは、憐れむように。

「……あの子が、惚れ込んだのもわかる。先生は他人のために憤り、涙を流せる純粋でまっすぐなお人や。ウツギの白い花のような……」

感慨深そうな呟きは、一瞬にして聡介の中の怒りの炎を吹き消した。代わりに襲ってきた寒気が、聡介を震え上がらせる。

「…何故…、貴方がそれを、知っているんだ…」

聡介の名字とウツギの花を結び付けるのは、菖蒲でなくとも、華道家なら不思議は無いかもしれない。だが菖蒲の聡介に対する感情は、鴎太郎は知るよしも無いはずなのだ。

この老人は菖蒲がネイリストとして独立して以来、遺言書の入った手箱を送ったのを除けば、一切の連絡を絶っていた。加えて、今の今まで昏睡《こんすい》状態だったのでは、菖蒲からそんな込み入った話を聞く機会など持てたわけがない。

「…もう、先生は、察しとるのではおまへんかな？」

……菖蒲の話を、全て信じるのなら。

「…何を…」

「菖蒲だよ。……あの子から、私は逐一聞かされとった。気まぐれに入学した東京の高校で、ウツギの花を眺めてたら先生と出会うて、一目で恋に落ちたことも。…いつか必ず、自分のものにするつもりやということも」

言下に否定すべきだった。けれど、出来なかった。初めて出逢ったあの光景を知るのは、聡介と菖蒲だけだ。聡介が誰にも言いふらしていない以上……鴎太郎に話して聞かせたのは、菖蒲以外にありえない。

「……どうして……」

入室した時にはまだかろうじて明るかった窓の外が、今はすっかり夜闇に染められている。

何もかも呑み込んでしまいそうな闇は菖蒲の双眸にも似て、身体が小さく震えだした。いつの間にか、聡介と鴎太郎の立場はすっかり逆転してしまっている。今や、追い詰められているのは聡介の方だ。

「…どうして菖蒲は…、貴方に、そんなことを…？　貴方たちの親子関係は、良好ではなかったはずなのに…」

まさかそれも偽りだったのかと思ったが、鴎太郎はふっと自嘲的な笑みを浮かべた。

「…賭けても、ええ。あの子は私に、父親としての情愛なんか、欠片も求めてへんかった」

「では、何故…」

「復讐…、やったんやろうと、思ってる。あの子は、死んだ妻に生き写しや。私との繋がりを保つことで、私が犯した罪を忘れさせへんように、してたんやろう…」

死病で衰えた身体が、さらに一回り縮んだように見えた。流派存続と引き換えに妻さえ差し出した鴎太郎の人生は、まさしく春暁流のために存在したのだろう。だが同時に、自らのエゴのために死なせた妻への償いのためでもあったのかもしれない。

そして今、長い償いの終わりに、聡介は立ち会っているのだ。傍観者ではなく、当事者として。

唇を湿らせた鴎太郎が、再び語り始める。

「…高校で大貫という子を殴って退学した後、あの子は私に、実父の五百蔵と逢わせるよう命令した」

五百蔵宗司はすでに妻子ある身だったが、一途《いちず》に想っていた女の忘れ形見が自分の子だと知り、歓喜したそうだ。愛しい女そっくりな我が子に、援助を惜しまなかった。菖蒲が若くしてネイルアーティストとして大成し、あれだけの人脈を築けたのは、五百蔵の助力あってのものだったのだ。

勿論、五百蔵が与えたのはあくまできっかけであり、その後顧客を摑んで成功したのは菖蒲の才覚によるものだろうが。

「先生を手に入れるため…、あの子は、手段を選ばんかった…。…私の病さえ…、利用した…」

鴎太郎は一か月ほど前、救急搬送された際に末期癌であると判明したことになっているが、実際は半年前の健康診断で宣告を受けていたそうだ。真っ先に報告を受けた菖蒲は、鴻太郎たちには事情を伏せさせ、遺言状を書かせた。鴻太郎が目撃したのは、その時だろう。

何故そんなことをさせたのか――尋ねるまでもなく、弁護士である聡介にはわかってしまった。あの遺言書があったからこそ、鴻太郎たちが収容されても、事態は必要以上にこじれずに済んだのだ。もし遺言書が無ければ、黒塚家の親族や春暁流の幹部たちが次々と次期家元に名乗りを上げ、新たな争いが勃発していたかもしれない。

「……あ、あ……」

わななく脚は踏ん張りが利かなくなり、聡介はその場に片膝をついた。鴎太郎への怒りなど、もうどこにも無い。疑問と失望が、あの黒い澱と混じり合い、胸の中で渦巻いている。

『…俺も…、聡介を愛してるよ。出逢った瞬間から、ずっと……』

『聡介が俺だけの可愛い子になってくれて、父さんが俺を認めてくれていたとわかって…幸せすぎて怖いって、こういうことを言うのかな』

菖蒲の笑顔と艶めいた声音が、泡沫《ほうまつ》のように浮かんでは消えていく。

……どれ、なんだ……？

ウツギの白い花を見上げていた菖蒲なのか。家族の愛情に飢えていた菖蒲なのか。聡介に愛を囁いてくれた菖蒲なのか。…仮にも父と呼んだ鴎太郎を意のままに操っていた菖蒲なのか。どれが本物の菖蒲なのか……そもそも本物が存在するのかすら、今の聡介には見当もつかない。

「…先生…？　大丈夫か…？」

気遣わしげに眉を寄せた鴎太郎が、そっと手を差し伸べようとする。瀕死の病人に身動きさせるなど、言語道断だ。

元通り布団の中に引っ込めさせようと、聡介が慌てて枯れ木のような手に触れようとした瞬間だった。誰も訪れないはずの病室の扉が、静かにスライドしたのは。

「――駄目だよ、聡介。そんなものに触ったら、可愛い聡介が汚れちゃうでしょう？」


珍しくシャツにスラックスという洋服姿の菖蒲が現れ、その背後で隣室に控えているはずの和泉が従僕か何かのようにスライドドアを閉めても、聡介は驚きを覚えなかった。ああそうか、とぼんやり思っただけだ。

……和泉も鴎太郎と同じ、菖蒲の駒《こま》の一つだったのか。

ごく自然に頭が導き出した答えに、反吐が出そうになる。でも、同時に悟ってしまった。自分は菖蒲が…親友であり、恋人でもある男が、見た目通りのたおやかな花などではないと、とうに察していたのだと。それでも必死に目を逸らそうとしたのは、菖蒲への愛情ゆえだ。想いを成就させたばかりの恋人を疑いたい人間など、どこに居ようか。

――けれど――。

「ねえ、『お父さん』。俺の可愛い子を勝手に呼び付けるなんて、そんな身勝手を貴方に許した覚えはありませんよ？」

全てが嘘などではなかったのだと、信じ込ませて欲しい。そんな聡介の心の叫びを嘲笑《あざわら》うように、菖蒲は微笑みながらベッドに歩み寄る。

その笑みはこんな時でさえ目を奪われてしまうほど臈たけているのに、普段聡介に向けられるものとは決定的に違う。……艶やかさでは隠し切れない、棘が。

「……菖蒲。やっぱり、先生を追ってたんか」

「…追う…？」

苦々しさの滲んだ呟きに顔を上げると、鴎太郎がこちらを見下ろしていた。

「先生、最近何やこの子から、物もらわんかったか？　…持ってると、居場所を特定される機械を仕込めるような…」

「…あっ……」

GPSのことを言っているのだと理解したとたん、悟ってしまった。…万年筆だ。小型のものなら、修理のついでにじゅうぶん仕込める。

図星だったと察したのだろう。鴎太郎は溜息を吐く。

「…相変わらずやな、お前は。先生がこちらに向かってると気付いていながら、敢えて行かせたんやろ…？」

菖蒲がそんなことをするものか、と反論する気力すら起こらなかった。

菖蒲は東京に居たのだ。事務所から聡介の出張先を聞き出したとしても、このタイミングで京都に現れるのは不可能である。逐一ＧＰＳを監視し、聡介を追いかけてきたとしか考えられない。

「何のために…、そんな……」

気が付いていたのなら、止めてくれれば良かったのだ。菖蒲ならいくらでも、その機会はあったはずなのに。……そうすれば、こんな残酷すぎる現実なんて知らずに済んだのに。

菖蒲は艶やかな黒髪を揺らし、優雅に小首を傾げた。

「…何のため？　そんなの、聡介のために決まっているじゃない」

「……何だ、と？」

耳がおかしくなったのかと思った。…いや、そうであって欲しかった。けれど菖蒲は聡介の前に屈《かが》み、柔らかく笑う。

「だって聡介は、白い花だから」

――昔から、白い花はどうしても捨てられないんだよね。

散りかけた雪柳を愛おしげに眺めていた菖蒲の眼差しが、脳裏をよぎる。

「聡介以外の奴らは雑草だから、どうなったって構わないんだ。でも聡介は…聡介だけは違う。穢してはいけない、日向《ひなた》に咲く白い花だ。だから…、いつか真実を知らせて、その上で俺の掌に堕《お》ちてきて欲しかった」

「…黒塚さんの話は全て真実だと、認めるのか」

往生際悪く確かめる聡介に、菖蒲はこともなげに頷く。

「うん、認めるよ」

「……『イーリス』のオフィスを荒らさせたのも、スタッフを襲わせたのも、お前なのか」

鴻太郎と隼次郎が、裁判で不利になるにもかかわらず認めようとしなかった一件。あの件に関してだけは二人とも無実であり、菖蒲の仕業だったとすれば、説明はついてしまうのだ。そう、聡介に依頼するきっかけを作るためだったとすれば…。

「スタッフを襲ったのは、完全な暴発だよ。偶然スタッフと出くわして、騒がれそうになったからとっさに昏倒させたら、予想以上に重傷だっただけ」

そう抗弁されても、聡介には何の救いにもならなかった。賢次郎の助けまで借りて懸命に対策を練った事件が、依頼人の…誰よりも信じていた恋人の自作自演だったと、判明してしまったのだから。

ぎし、と微かにベッドを軋ませ、仰臥《ぎょうが》していた鴎太郎が聡介を見下ろした。点滴に繋がれた細い腕を、よろよろと持ち上げる。

「……この子がどんな人間か、わかったやろ、先生。今ならまだ間に合う。……逃げなさい」

「…黒塚、さん…？」

「…私が言えた義理では無いが…、この子は、人として最も大切なものを…、まるっきり持ち合わせへんまま成長してしもた。…そうさせたんは、他ならぬこの私や。私の罪に…、これ以上、他人を巻き込んでは、死んでも死にきれん…！」

残された生気を絞り出すように吐き出すや、鴎太郎は素早くマットレスの下を探り、点滴の管を引きちぎらんばかりの勢いで起き上がった。その手に握り締められた抜き身の短剣よりも、菖蒲を射る眼差しの鋭さに、聡介は圧倒される。ほんの数時間前まで昏睡状態だった病身のどこに、そんな力が残されていたのか。

……いや、逆だ。

鴎太郎は菖蒲が聡介をここまで追いかけてくることを読んでいた。ならばきっと、病に倒れてからずっとこの時を…邪魔の入らない空間で菖蒲と対峙出来る機会を、狙っていたに違いない。昏睡状態だったのは、そのための力を温存する必要があったからだ。

そう思わずにはいられないほど、鴎太郎の双眸は爛々《らんらん》と輝いていた。燃え尽きる寸前の、蠟燭《ろうそく》の炎のように。

「……お父さん、本気ですか？」

戸籍上の父親に殺気をぶつけられても、少なくとも表面上、菖蒲は小揺るぎもしなかった。鴎太郎は薄くなった胸を震わせ、短刀を握り直す。

「…ああ…、本気や。お前を殺し…、私もすぐに後を追う…。それが、私に出来る…、唯一の懺悔…、…ぐっ、ううっ」

「黒塚さん…!?」

咳き込んだ拍子に、鴎太郎の左手からケーブルで繋がるモニターがアラームを響かせた。さっきまで緑色で表示されていたバイタルサインが、赤色に変化している。医師ではない聡介でもすぐにわかった。鴎太郎の身が、生命の危機に瀕しているのだと。

「…くそっ…！」

こういう時は黙っていても医師や看護師が駆け付けるはずだが、部屋の外は静まり返っており、ベッドヘッドのナースコールボタンを押しても何の反応も無い。

舌打ちをして隣室に駆け込もうとした聡介の前に、菖蒲がゆらりと立ちはだかった。

「菖蒲っ……！」

大病院の病室で患者が死にかけているのに、誰も駆け付けない。この異常すぎる状況は、きっと目の前の男の仕業なのだろう。

…だからこそ、あって欲しくなかった。この期に及んでも、せめて信じていたかった。菖蒲は…聡介が愛した男は、父と呼んだ人間をみすみす死なせるほどの外道ではないのだと。菖蒲の全てが、偽りだったわけではないのだと。

「——選んで、聡介」

神に祈るような気持ちで胸倉を摑んだ聡介に、菖蒲は苦しそうな表情一つ見せず、艶然と微笑んだ。

「…選ぶ…、だと…？」

「うん、そう。このまま俺だけの可愛い子で居てくれるか……俺を、父さんに殺させるか」

「——…っ！」

何でそうなるんだ、と叫んだはずが、喉から迸ったのは声にならない悲鳴だった。どうしてそんな選択肢を、聡介に突き付けるのか。全く釣り合いが取れていないではないか。

「俺だけの可愛い子で居てくれるのなら、すぐに医者を来させるよ。…でも、もし聡介が俺を父さん

に殺させたいのなら…、俺は、その通りにする」

「…どう…、して…」

何度も呼吸を繰り返し、疑問はようやく声になった。泰然と佇む菖蒲の向こうで、鴎太郎は左胸を押さえつつも、目をぎらつかせながら短剣を構えている。ベッドから飛び降りたりはさすがに出来ないだろうが、菖蒲が短剣の射程距離まで行けば、迷わず刃を振り下ろすに違いない。

「……日向だけで育った聡介には、日陰しか知らない俺なんて、普通じゃ絶対に受け容れられないだろうと思った。だから策を練った。そのことは、後悔していない」

──聡ちゃんは陽の当たるところしか歩いたことの無い子だから。

賢次郎の言葉がよみがえり、聡介はぎりっと唇を噛む。

「でも…、真実を知った聡介に嫌われることだけは、耐えられない。聡介に疎まれながら生きていくくらいなら…、死んだ方がましだ…」

「…菖蒲…、お前は…、…お前って奴は…！」

わななく拳を、聡介は床に叩き付けた。ぐしゃり、と嫌な感触が伝わってきたが、痛みなどまるで感じない。ずきずきと疼くのは、心の方だ。

どうして素直に、好きだと告白してくれなかった？

そう菖蒲を責め立てるほど、聡介は厚顔無恥にはなれなかった。賢次郎は正しい。陽の当たるところしか歩いたことの無い…常識に凝り固まっていた十代の頃の聡介では、愛を打ち明けられたところで受け容れられなかっただろう。聡介をでろでろに甘やかす菖蒲も、ベッドの中で獣と化す菖蒲も、恋人同士になったからこそ知ったのだ。菖蒲への愛情は、菖蒲の謀《はかりごと》の上に成り立っている。もっと早く、聡介が恋心を自覚していれば良かったのか？　……今のこの状況を招いたのは、聡介なのか？


「愛してるよ、聡介」

打ちひしがれる聡介に、菖蒲はふわりと微笑みかけた。ウツギの花の下で初めて言葉を交わした時と同じように。


「…やめろ…」

「俺には君だけだ。君無しの人生なんて、俺には考えられない」

「…やめてくれ…」

「罪から生まれた俺を、聡介だけが明るく照らしてくれた。傍に居るだけで俺の心を癒してくれるのは、君だけだ」

「……もう、やめろよぉ……っ！　頼むから……！」

とうとう聡介は頭を抱え、がくりと膝をついた。なんで、どうして、と頑是無い子どものように何度も口走る。

どうして最後まで、騙されたままでいさせてくれない？　人を養分にして咲き誇る人食い花だったくせに、なんでこんな時でさえ、聡介を惹きつける？　どうしてこの胸から、菖蒲を想う気持ちが消え失せてくれない？

「……ごめんね、聡介」

笑顔のまま、菖蒲はゆっくりと踵を返した。静かに足を踏み出したその先では、驚異的な精神力で意識を留めた鵼太郎が待ち構えている。

「…おい…、何やってるんだよ…」

そのまま進んで行ったら、鵼太郎の振り上げた短剣の餌食にされてしまうではないか。しかも菖蒲に身を守る様子は無く、両手をだらりと垂らしたままだ。いくら鵼太郎が弱り切っていても、あの様子なら、無防備な胸に刃《やいば》を突き立てるくらいはやってのけるだろう。

「…わかってるんだ。聡介はこんな俺なんて、もう嫌いになったんでしょう？」

モニターのアラーム音が鳴り続ける中でも、こちらに背中を向けた菖蒲の声は不思議とよく響いた。

「でも、聡介は優しいから、自分から俺を突き放すなんて出来ない。…だったら、俺が…」

呑み込まれた言葉の続きなど、想像するまでもない。菖蒲は聡介が自分に愛想を尽かしたと思い込み、自ら鵼太郎の刃にかかろうとしている。聡介の前から消えるために。……聡介の拒絶の言葉を、聞きたくない一心で。

「…は…、…っ…、菖蒲……」

ひゅうひゅうと、今にも絶えてしまいそうな呼吸を継いでいた鵼太郎が、短剣を構え直す。そのぎらついた双眸には、もはや聡介など映っていないのかもしれない。

「…お前を…、今まで生かしたんは…、私の罪やった…。…今こそ…っ…」

「だ、……駄目だぁぁっ！」

繰り出される刃に菖蒲が身を差し出した瞬間、聡介はすっくと立ち上がり、床を蹴っていた。微動だにしない菖蒲を、ありったけの力をこめて背後から抱き寄せる。

その僅か十数センチ先を短剣の切っ先がかすめ、力を失った鴎太郎の手からからんと床に落ちた時は総毛立った。

「……ぁ、……」

ほんの十数センチが生死を分けたのは、聡介たちだけではなかった。

必殺の一撃を寸前でかわされ、気力を使い果たした鴎太郎が、くたりとマットレスに沈み込む。モニターは未だ赤字でバイタルサインを示し、さっきより間隔の短くなったアラームが鼓膜を突き破りそうな勢いで鳴り響いていたが、聡介の耳に届くのは呆然と呟く菖蒲の声だけだ。

「……聡介……、どうして……？」

それは菖蒲よりも、聡介こそが己に投げかけたい問いだった。どうして菖蒲を助けたのか。聡介が恋に落ちた花のような少年は、どこにも居なかったと思い知らされたのに。

「…俺だって、わからない。身体が勝手に動いただけだ。ただ…」

本人も無自覚なのか、小刻みに震える長身を、聡介は抱き締める。微かに汗の匂いの混じった、甘い花の香りを吸い込みながら。

「誰かの償いなんかのために、お前を死なせたくなかった。だって……、だってお前が生まれたのは…、…罪なんかじゃ、ないじゃないか…っ…」

熱い息と一緒に吐き出し、聡介は初めて理解した。あのまま鴎太郎に菖蒲を殺させたら、菖蒲が生まれてきたことが罪だったと認めたことになる。自分はそれが絶対に許せなかったのだと。…こんな最悪の形で、菖蒲を死なせたくなかったのだと。

「……馬鹿だよ、君は……」

力無く垂れていた菖蒲の手がゆっくりと持ち上がり、聡介のそれに重ねられた。背後からは見えない白い手のなめらかな感触は、こんな時でさえ聡介の心臓を跳ね上げさせる。

「ここで死なせなかったら…、俺、死ぬまで聡介から離れないよ？　聡介が泣いても叫んでも纏わり付くよ？　これが、俺から逃げられる最後のチャンスだったのに…」

「菖蒲……」

物騒な告白に、ぞぞっと背筋が粟立《あわだ》つ。菖蒲の言葉に嘘は無い。ここで菖蒲と別れなければ、聡介は幼い頃から漠然と思い描いていた人生に別れを告げることになるのだろう。結婚して子を儲け、幸せな家庭を築き、いつかは家族に看取《みと》られて死ぬ——どこにでもある平凡な一生を。

菖蒲は危険な男だ。聡介を手に入れる、ただそれだけのために多くの人々を手駒とし、その人生まで狂わせるなんて、聡介には一生理解出来ない。いつか聡介自身、菖蒲の狂気に呑まれてしまう日が来るかもしれない。

否、ここで菖蒲を見逃すこと自体、すでに狂気の始まりなのだ。標的が自身のオフィスだったとはいえ、従業員を負傷させ、強迫して遺言状を書かせたことは立派な犯罪である。曾祖父なら迷わず菖蒲を司法に委ねただろう。

胸ポケットに挿した万年筆と、襟につけた弁護士バッジが奇妙に重く、ずっしりと肩に圧し掛かってくる。

その重みを吹っ切るように、聡介はぶるりと首を振り、菖蒲の手を握り返した。

「……それでもいい。俺は、お前を死なせたくない。……生きていて欲しい。俺の傍で」

「っ…、聡介…、…聡介っ…！」

身体ごと勢い良く振り返った菖蒲が、荒々しく聡介を抱擁する。

その肩越しに、異常を訴え続けていたモニターが、ピーッとひときわ長く大きな警告音を発した。


力尽きたかと思われた鴎太郎は、その後菖蒲に呼び出された医療チームによってただちに適切な治療が施された結果、一命を取り留めた。死期が間近なのに変わりはないが、今すぐ死ぬ可能性は低いそうだ。

室内の惨状にも、転がっていた短剣にも眉一つ動かさなかった和泉からそう説明を受け、ひとまずは安堵したものの、いつ容体が急変してもおかしくない。病室で付き添っているべきではないかと提案した聡介を、菖蒲は京都での定宿だという鴨川《かもがわ》のほとりのホテルに連れ込んだ。専属の従業員が案内してくれたのは、当然のように最上階のスイートだ。

初めて訪れたのにどこか既視感を覚えるのは、菖蒲のマンションがこのホテルを基に改築されたからだという。菖蒲がホテルのインテリアとフラワーアレンジメントのプロデュースを担当したのが縁だそうだ。報酬としてこのスイートをいつでも好きな時に使える権利を譲り受けたというから、しがない駆け出し弁護士とはつくづく住む世界が違いすぎる。

「…おい、菖蒲…そろそろ病院に戻らなくていいのか…？」

菖蒲がリビングのソファに聡介を押し倒し、覆いかぶさってからもう三十分は経過しようとしている。その間、菖蒲はいやらしい真似をするでもなく、無言で聡介の左胸に顔を埋め、時折鼻をうごめかせるだけだ。さすがに不安になって黒髪を軽く引っ張ると、生温かい吐息がシャツ越しに胸をくすぐった。

「……戻る？　どうして？」

「どうして、って…親父さん、危ないかもしれないだろう。せっかくこっちに居るんだから、万が一に備えて病院で待機していた方がいいんじゃ…」

「急変したら、携帯に連絡が入る。それから出発すればじゅうぶんだよ」

それきり菖蒲は再び口を閉ざしてしまい、オフィスフロア並みに広い空間は静寂に閉ざされる。ホテルの従業員がサーブしていってくれた薫り高いコーヒーも、テーブルの上で冷める一方だ。

「……親父さんのこと、許せないのか？」

沈黙に耐えきれず口を開き、すぐに愚問だったと舌打ちしたい気分になった。流派のために母親を資産家に差し出した父親が許せなかったからこそ、今の菖蒲が在るのではないか。

だが、菖蒲は埋めたままの顔を小さく左右に揺らした。

「許せるとか許せないとか、一度も考えたことは無いよ。死んだ母さんの日記で真実を知った時も、だから父さんはやけによそよそしいのかって思っただけだった。後は、この秘密をうまく使えば黒塚家で生きやすくなるなあ、とか。鴻太郎兄さんたちがやたらと絡んできて、鬱陶しかったからね」

「……」

鴻太郎たちが菖蒲を目の敵にしたのは憎しみだけが原因だったのではないかもしれないと、聡介はぼんやり考えた。

常に超然として何にも影響されないこの美しい母親似の弟を、彼らはどうにかして振り向かせたかったのではないか。結局は菖蒲の方が一枚も二枚も上手《うわて》で、こんな結末を迎えてしまったが、やり方さえ間違えなければ、せめて兄弟が争うことだけは避けられたかもしれない。

「…あ、…くぅっ…」

突如、無防備だった乳首をシャツ越しに甘嚙みされ、聡介はびくりと肩を跳ねさせた。抗議をこめてつむじをつつくと、乳首を咥えたままの唇が笑みの形に歪む。

「聡介、今、俺たちに同情したでしょう」

「…だったら…、何だよ…」

「俺が生まれつきの屑だってわかっちゃったくせに、同情するんだよね。そういう聡介だから好きになったけど……すごく不安になるんだ。こんな俺を、聡介が捨てずに愛してくれたことが、信じられなくて…幸せすぎる夢を見ているんじゃないかって」

だからさっさと病院を引き上げ、二人きりになると同時にくっついて離れないのだろうか。刃物を持った父親にはまるで動じなかったくせに、聡介の心一つに怯えるなんて——。

「……よく聞け」

とくとくと脈打つ胸に、聡介は菖蒲の顔を押し付けた。菖蒲は束の間、身体を硬直させただけで、あとはされるがままだ。

「夢で、こんな音がするか？」

「…しない、と思う、けど…」

「けど、何だよ」

「俺はとっくに聡介に捨てられて…、父さんに殺されて、あの世をさまよっているのかも…、しれないし…」

菖蒲らしくもないうじうじとした口調に、聡介は呆れ果てた。ほんのついさっきまで病院で的確な指示を出したり、ホテルの部屋を取ったりとてきぱき動き回っていたのに、どの口がほざくのか。

だが、聡介も菖蒲のことは言えない。

「…どうすれば、これが現実だと信じられるんだ？」

はあっと溜息を吐きつつも、そんなふうに問いかけてしまうのだから。

菖蒲がただ憐れで健気な男ではないと――むしろその正反対だと思い知らされたばかりなのに、自分でも何をしているんだと思う。この嘘つき男をベッドに放り込み、自分だけ東京に帰ってもばちは当たらないだろう。でも、放っておけないのだからどうしようもない。

「…聡介が…、俺の、好きなようにさせてくれるなら」

顔を上げた菖蒲の返答は、密かに予想済みだった。何せ上からぴたりと押し付けられた股間は、さっきからじわじわと熱を帯び始め、今や聡介のものを圧迫しつつあるのだ。わからない方がどうかしている。

はあっ、と聡介は大きく息を吐いた。

「……あまり妙なことでなければ、構わないが」

「え？　……本当に？」

「妙なことでなければ、だからな」

念押しする聡介に、菖蒲はこくこくと何度も頷いた。

さっそくベッドルームに直行かとばかり思っていたが、連れて行かれたのはバスルームだ。更に驚いたことに、一緒に入るのではなく、聡介一人で入浴しろと言う。お前はいいのか、と尋ねれば、俺はやっておきたいことがあるから、ときた。

……あいつ、何を企んでいるんだ？

嫌な予感をひしひしと覚えつつも、言われた通りゆっくりと時間をかけ、わざわざ嵐山《あらしやま》から運ばせているという温泉を堪能した。

髪を乾かし、備え付けの浴衣に着替えてからリビングに戻り、聡介は瞠目《どうもく》する。リビングの中央のテーブルには、巨大な壺から溢れんばかりの白い花が活けられていたのだ。入浴の前は、もっと小ぶりなフラワーアレンジメントが飾られていたのに。

花には詳しくない聡介でも、生命力に満ち満ちて咲くその白い花を知っていた。自分と同じ名を持つ花だ。忘れるわけがない。

「…ウツギの花が…、どうしてここに…？」

「聡介がお風呂に入っている間に、ホテルのスタッフに用意してもらったんだよ。活けたのは俺だけど」

ベッドルームから出てきた菖蒲が、背後から聡介に寄り添った。

こともなげに言うが、花器はともかく、深夜に近いこの刻限に、よくも大量の生花を取り寄せられたものだ。しかもウツギは生花としては比較的珍しい部類に入る上、聡介が入浴していたのは長くても一時間程度だったのに。

老舗高級ホテルの底力に感じ入っていると、菖蒲がそっと耳朶に唇を寄せてきた。

「……一度でいいから、出逢った時と同じウツギの花の傍で、聡介を抱きたいってずっと思ってた」

「っ…、お前、そんなことのために、こんな真夜中にホテルの人に無茶を言ったのか？」

「そんなこと、なんかじゃない。すごく大事なことだよ。…だって俺、あの時、ウツギの木陰に聡介を引きずり込んで、犯したくてたまらなかったんだから」

――聡介は見るからに鍛えてたし、返り討ちにされそうだからやめたけど。

あっけらかんと告げられ、冷たい汗がつうっと背筋を伝い落ちた。楚々とした麗花と見せかけ、その実人食い花だった菖蒲のことだ。もし聡介が体格的に菖蒲に劣っていたら、本当に出逢った直後に犯しかねない。

剣道を勧めてくれた祖父に心からの感謝を捧げていると、耳朶を美味そうに食んでいた唇がじょじょに肌を滑り、聡介のそれを捕らえた。

横を向かされ、いっそう深く重ねられた唇をしっとりとした舌が甘く舐め上げる。聡介が薄く唇を開くと、舌は当然のように潜り込んできた。

「……ん…、んっ……」

上から圧し掛かる体勢で仕掛けられる口付けはいつにも増して激しく、菖蒲とは思えないほど荒っぽく、聡介の口内を犯していく。喉を撫で上げられ、混ざり合う二人分の唾液を嚥下するや、口蓋をぞろりと舐め上げられた。

「…ふ…ぅ…っ、…ん、んんっ」

息苦しさを覚え、聡介は菖蒲のシャツを引っ張って抗議するが、聞き入れられることは無かった。むしろ逃げ回っていた舌を捕らわれ、じゅううっと痛いくらいに絞り上げられる。

「…う…っ、ぅうっ、…んぅっ…」

口の端から飲み切れなかった唾液を垂らし、いやいやをするように首を振っても、菖蒲は解放してくれない。うっすらと開いた目には、ぎらぎらと欲望に底光りする菖蒲の双眸が映り、すぐさま瞼を閉じる羽目になった。

――だって俺、あの時、ウツギの木陰に聡介を引きずり込んで、犯したくてたまらなかったんだから。

ついさっき吹き込まれたばかりの恐ろしい告白がよみがえる。今、菖蒲は十二年前に還《かえ》り、出逢った頃の高校生の聡介を犯しているのかもしれない。自分が見上げていた、白いウツギの花の下に引きずり込んで……。

「…はぁ…っ、聡介、…聡介、可愛い」

半ば本気で窒息死がちらついた頃、ようやく離れてくれた菖蒲は、熱に浮かされた瞳で額と額をくっつけた。さほど体格の変わらない聡介の脱力した身体を、片腕で難無く支えて。

「そうやって前髪を洗いざらしのまま下ろしてると、すごく幼く見えて…本当に、あの頃の聡介を抱いているみたい…」

「…お、まえ…っ…」

荒い呼吸を継ぎながら、聡介は片目で菖蒲を睨んだ。歳の割に幼く見られるのは、弁護士としては致命的だし、密かなコンプレックスの一つだ。だから外に出る際は少しでも年かさに思われるよう、整髪料できっちり髪を整えておくのである。

「そのために…、わざわざ、風呂に入らせたのかよ…」

「…だって、せっかく聡介が俺を選んでくれた記念すべき日だもの。もう、何も我慢しなくていいでしょう…?」

「…我慢？」

一体この男が今まで何を我慢してきたのかと半眼になるが、菖蒲の言い分は振るっている。

「聡介が前髪下ろしてたらうっかり抱き潰しそうだったから、今まで抱くのはお風呂の前にしてあげていたでしょう？」

「………」

言われてみればそうだったかもしれないが、それはありがたがるようなことだろうか。髪型を整えたままでも、けっこう好き放題にやられていたと思うのだが…。

「好きだよ、聡介。初めて逢った瞬間から、君だけを愛してる」

理不尽な思いは、どろりと甘い囁きに一瞬で蕩かされた。情欲の滲む黒瞳に促され、傍らのソファに深く座った菖蒲の、開いた脚の間に腰を下ろす。

……ああ、この体勢は……。

「…高校生の頃、よく、こうしてたよね」

思ったままを言い当てられ、ぴくりと震える聡介の項を、菖蒲は柔らかく吸い上げる。

「…ぁっ…」

「…ふふ…、あの頃と同じ。聡介はいつも最初は声を堪えて……最後には、どろどろに蕩かされちゃうくせに」

「あ……、あっ！」

浴衣の裾から、するりと右手が忍び込んできた。すぐさま目当てのものに辿り着き、菖蒲はくすくすと笑う。

「こういうところは大人になったよね、聡介。下着もつけずに、男を誘惑するなんて」

「…っ…、それは、俺のせいじゃないだろ…っ」

好きで浴衣一枚でいるわけではない。風呂から上がったら、確かに脱いでおいたはずの下着が消え失せていたせいだ。犯人は一人しか考えられないが、下着を返せと詰め寄る前に捕まってしまったのである。

菖蒲は剝き出しの性器を愛おしそうに握り、先端に指先をめり込ませた。

「違うよ、聡介のせいだよ。…だって、こんなに可愛いから…」

「早く、愛らしいおちんちんを可愛がりたくなって、ぱんつ隠しちゃうのは男なら当たり前だよ？」

「…ひ、ぁっ…！」

「あ、…菖蒲…っ…」

喘ぐ聡介の喉をいい子いい子と撫でていた左手が、おもむろに離れていく。胸をまさぐられるのかと思ったら、左手はテーブルに置かれていたテレビのリモコンを持ち上げる。

『あっ、イイッ、あんっ、いっちゃう、いっちゃうぅぅぅ！』

電源が入った瞬間、嬌声が響き渡った。

テーブルを挟んだ向こう側の液晶テレビの大画面に映し出されるのは、可愛らしいメイド服を乱され、たわわな乳房を揺らしながらスーツ姿の中年男に犯される若い女性だ。

「…こ、れは…」

「懐かしいでしょう？　聡介がお気に入りだった女優のやつだよ」

囁かれて初めて、聡介は奇妙な既視感のわけに気付いた。言われてみれば高校生の頃、菖蒲のマンションで観賞した記憶が微かに残っている。菖蒲は遊びに行くたびに新しいＡＶを入手しては見せてくれたのだが、中でも今、画面に映し出されている女優の出演作が聡介の密かなお気に入りだったのだ。

隠していたつもりだったのに、勘付かれていた。それもショックだが、ウツギの花だけでは飽き足らず、こんなものまでホテルの従業員に用意させたのかと思うと暗鬱な気分だ。一体、自分と菖蒲はどんな関係だと思われているのだろうか。

『…あんっ、あぁんっ、ご主人様ぁっ…』

画面の中の彼女は、主人役の男優に背後から座位で挿入され、わざとらしい喘ぎ声をひっきりなしに上げている。今の聡介と似た体勢だ、と気付いたとたん、身体がかっと熱くなった。

「…あぁ…、硬くなってきた」

性器を握り込んだままの菖蒲は聡介の変化をいち早く感じ取り、震える陰嚢を揶揄するようにつついた。

「色白で童顔で巨乳……聡介って、こういうタイプが好みなんだ？　今でも、おちんちん硬くしちゃうくらい？」

「は…っ、あぁ…っ、菖蒲…」

冷やかす声は笑みを含んでいるのに、その手は容赦無く張り詰めた性器を絞り上げる。嫉妬しているのだ。画面の向こうの女優に。今だけではなく……きっと、高校生の頃から。

愉悦とも、歓喜ともつかぬ衝動が、聡介の身体の奥底を揺さぶる。

「…違…うっ…、好みなんかじゃ…、ないっ…」

「…聡介？」

「……あの女優、手が綺麗で…、お前に、少しだけ似てたから…、だから…」

まくしたてるうちに、声は最初の勢いを失っていく。女優の剝き出しの豊満な乳房よりも、太い肉棒に貫かれた秘所よりも手に興奮してしまうなんて――しかもそれが男の菖蒲に似ていたからだなんて、我ながらかなり気色悪い気がする。

だが、菖蒲は呆れるどころか、熱のこもった息を吐き、見た目よりずっと厚みのある胸を聡介の背中に密着させてきた。

「…それ、本当…？」

「あ…っ、ああ…」

「そう…、そうなんだ。俺に似てるから…」

何度も反芻しては噛み締める菖蒲の股間が、みるまに熱を帯び、密着した聡介の尻を圧迫していった。乱されているのは自分だけではないと気付いたとたん、二人してＡＶを眺めては互いのものを慰め合った淫靡な記憶が閃き、下着をつけていない尻のあわいがきゅんと疼く。

「…あっ…、あ…」

「ああ…、可愛い、聡介。俺のが欲しくて、うずうずしちゃってるんだ？」

恥ずかしい反応を悟られたくなくて身をよじるが、無駄というものだった。

テレビの電源を落とし、リモコンを放り投げた菖蒲は、いっそう淫らに性器を扱きながら、空いた左手を聡介の前にかざす。

「…ねえ、聡介。これ…、お尻に入れて欲しい？」

「……あ、ぁ…っ…」

反射的に頷きそうになるのはどうにか堪えたが、やはり無駄なのだ。嘘の吐けない男の性器――さっきまでよりもいっそう漲り、物欲しげに涎を垂らすそれを、菖蒲に捕らわれているのだから。

「俺の手…、俺の指…、ずっと好きでいてくれたんでしょう…？　気付いてたよ。聡介がしょっちゅう、俺の手を物欲しそうに見詰めてたこと。……すごく興奮した」

「…っ、菖蒲…、…あぁっ、あ…」

「いいんだよ。聡介は俺だけの可愛い子で、俺は聡介だけのものなんだから。…この手も指も、全部聡介のものだよ」

——だから、いくらでも好きにしていいんだ。

蠱惑的な誘惑に、残されていた僅かな理性は焼き切られた。聡介はずいと顔を近付け、十年前よりも透明感を増した白い指を咥え込む。

「ん……っ、ふぅ……」

薄い肉に歯をたてた瞬間、迸った嬌声は聡介のものなのか、菖蒲のものなのか。聡介には判断がつかなかった。背後から圧し掛かる菖蒲の身体は聡介に負けないほど熱く火照り、股間のものもいっそう雄々しく勃ち上がったから。

「…あっ…、ふぁ…っ、ん…っ…」

「…可愛い、聡介…ちゅうちゅうって、赤ちゃんみたいにおしゃぶりして。…俺の指、そんなに美味しい…?」

「ん…、んっ…」

親指から人差し指、中指へと、菖蒲は聡介が望むがまま、代わる代わる五指を味わわせてくれる。同じ人間の、同じ左手の指なのに、それぞれの指は微妙に味わいも歯ごたえも違って、聡介をより深い官能の淵《ふち》へと誘う。時折、硬い爪が歯に触れるのが、たまらないアクセントだ。指の腹を吸い舐めながら、かちゅかちゅと爪を齧《かじ》るのは癖になる。

後になって考えれば、両手とも自由なのだから、いくらでも自分で好きなように出来たはずなのだが、この時の聡介にはそんなことは思いつきもしなかった。

それだけ夢中になっていたのだろう。菖蒲は性器をまさぐっていた手をそっと引き抜き、聡介の右手を浴衣の中へ導く。

「……ふぅぅ…っ…!?」

触れさせられた性器は、自分のものとは信じられないくらい熱く、硬くそそり勃っている。反射的に引っ込めそうになった手に、菖蒲は上から己のそれを重ねた。聡介と同じくらい熱を帯びているはずの手が、どういうわけか、重なった瞬間だけひやりと冷たく感じる。

「…ほら…、可愛いでしょう?　俺の聡介…」

「う、…んぅ、うう…」

「おしゃぶりしておちんちん勃てちゃう聡介、…可愛い…、可愛いっ…」

「…ふぁぁ…っん、ん、んぅ……!」

もうやめて、これ以上おかしくさせないでくれと叫び、自由な左手で菖蒲を振り解いた。…そのはずだった。

「あぁぁ…、聡介、…聡介ぇっ…」

「う…ぅっ、んっ、ん、んー……!」

けれど気付けば、左手は浴衣の裾を払いのけ、右手と一緒になって己の性器を扱き立てている。あのAV女優に負けないほど艶めいた嬌声を、絶え間無く零しながら。

「……あぁぁっ、あんっ、あ…ぁんっ、菖蒲…、菖蒲ぇっ…」

呼吸の弾みで咥えていた指が外れるや、嬌声は我ながら耳を塞いでしまいたくなるくらいの艶と媚《こ》びを滲ませる。何をしているんだ、と微かな羞恥がこみ上げるあたり、まだ理性を完全に手放してしまったわけではないらしい。

……何をしているんだ、俺は。こんな…、菖蒲の指をしゃぶりながら勃起させて、尻まで菖蒲に擦りつけて……。

だが、煩悶《はんもん》する様さえ愛しいとばかりに、菖蒲は開いたままの聡介の口に揃えた指を突き入れるのだ。

「…っ…、聡介…、俺の…、俺だけの、可愛い聡介…」

「…んー…っ、んっ、う、うぅっ」

喉奥を突き、出て行こうとした指をとっさにしゃぶりついて止めてしまったのが恥ずかしくて、聡介は首を左右に振るが、菖蒲は聡介の手越しに性器を揉み上げた。だらだらと垂れていた先走りが、ぷしゅりと噴き出して浴衣を濡らす。

「んぅぅぅ……!」

「…いい子だね…、聡介。俺をおしゃぶりしたくて、咥え込みたくてたまらないんだ?」

「…う…、うぅっ…」

羞恥にわななく聡介の尻に、菖蒲は興奮しきった己の股間をぐりりと押し付ける。真っ赤に染まった耳朶を、甘く食みながら。

「上のお口もいいけど…、こっちのお口でおしゃぶりしたら、もっと気持ち良くなれるよ」

もう、知っているでしょう？　と当てこすられ、今日はまだ一度も触れられていない尻穴がひとりでにうごめいた。ほんの少し前までは排泄器官に過ぎなかったそこは、菖蒲の手によって、雄を受け容れるための二つ目の性器と化している。

「んん…んっ、ふ、うぅっ…」

「…俺も、そろそろ聡介の中に入りたい。熱くて狭い聡介のお腹をぐちゃぐちゃに掻き混ぜて…、確かめたいんだ。聡介が、ずっと俺だけの可愛い子でいてくれるって…」

だからお願い、と弱点である口蓋の柔らかい部分をなぞられながら懇願されたら、もう、拒み通すのは不可能だった。

せがまれるがままに腰を浮かせ、もはや絡み付いているだけだった浴衣を脱ぎ落とす。背後で菖蒲がズボンの前をくつろげる衣擦れの音が、羞恥のみならず、期待と興奮を煽った。

「……あ、…っ…」

そして再び腰を落としていくと、熱い切っ先が尻のあわいを突く。思わず振り返った聡介に、菖蒲はこんな時くらいしか見せない、ひどく男くさい笑みを向けた。本能的に逃げを打ちそうになる聡介の腰を、両側からがっちりと捕らえる。

「……俺を受け容れて、聡介。一番深くまで……」

「あ、…ああ、……あぁ…っ…！」

ろくに解されてもいない肉の隘路《あいろ》を、雄々しく隆起した菖蒲の刀身は無慈悲に押し拡げ、貫いていく。

我が身を二つに裂かれる苦痛は、久しく味わっていないものだった。いつもなら指や舌でたっぷりと解され、理性ごと蕩かされてからおもむろに犯されるせいで、拓かれる圧迫感こそあれど、痛みなどほとんど感じないのだ。

「…ひ…ぃっ、い、…あぁ、あっ、菖蒲っ……」

聡介が苦痛を訴えれば、普段の菖蒲ならすぐさま行為を中断し、こちらが照れてしまうくらいに甘くあやしてくれる。だが今宵《こよい》に限って無言なのは――試されているのかもしれない、と思った。本性を晒してもなお、聡介が菖蒲を受け容れてくれるかどうか。……受け容れられるかどうか。

――本当に、いいのか？

痛みによって覚醒させられた理性が、警告を発する。

――この男は、父親と呼んだ存在さえ利用し尽くせる男だ。半分以上は自業自得だったとはいえ、二人の兄はこの男の策謀によって塀の中へ送られた。聡介はその片棒を担がされたにも等しい。いつか、聡介もまた、この男の毒牙にかかる日が来るかもしれない。

法の番人の端くれを自負するなら、決して共に在ってはいけない存在なのに。

「あぁ…んっ……！」

慎ましく閉ざされていた入り口をこじ開け、少しでも深く聡介と繋がろうとする男を、どうしても突き放せない。

……そう、か。そういうこと、だったのか。

みしみしと己の肉体が軋む感覚に耐えながら、苦痛ではなく、長年の疑問がすうっと晴れていく爽快感に、聡介は目を見開いた。

人を想う気持ちは、理屈や常識で割り切れるものではないのだ。間違っていても、己の首を絞めるだけでも、誰かを求めずにはいられない瞬間がある。…雪也も、きっとそうだったのだろう。聡介から見れば最低のヒモ男でも、雪也にとっては数馬こそが最上の存在だったのだ。

……俺の忠告の方が、要らぬお節介だったというわけか。

「あ…、は、ぁぁっ……」

漏れ続ける悲鳴に微かな笑いが混じった。賢次郎を思い出したのだ。聡介は陽の当たるところしか歩いたことが無いから、行く先にぽっかり大穴が空いていても気付かず進んでしまいそうで怖い、と言っていた。

はからずも、その通りになったわけだ。聡介は落とされてしまった。…いや、自ら進んで堕ちたのだ。黒塚菖蒲という、底の無い穴に。

「……聡、介……?」

容赦無く雄をねじ込んでいた菖蒲も、聡介の変化に気付いたらしい。ずちゅ、と奥に押し入ってくる菖蒲の雄を、様々なものから解き放たれた身体はさっきよりも格段に柔らかく、そして従順に迎える。慣らされもしない媚肉《びにく》を、期待にざわめかせて。

「…やっと…、わかった、んだ…」

強張りの抜けた腰を自ら揺らめかせ、背後の菖蒲を振り返る。こんな時でもうっとりせずにはいられない美貌の主は、ごくり、と息を呑んだ。

「…何が、わかったの?」

「…俺は、何があっても、お前無しでは生きていけないだろう、って……あ、ああっ、あー……!」

言い終えるより早く両膝の裏を持ち上げられ、ずぷん、と根元まで菖蒲の刀身が沈み込んだ。反り返りつつあった聡介の性器が、引き締まった腹にびたんとぶつかり、飛沫を散らす。

待ってくれと懇願する間も与えられず、満たされた腹を真下から激しく突き上げられた。

「聡介…っ、俺の聡介…っ…」

「あ…、あん…っ、あ、や…ぁっ、菖蒲っ…」

「…愛してる…、愛してるよ…。この想いだけは、ほんまなんや…」

荒々しく腹の奥を突かれるたびに、抱え込まれた両脚が宙で揺れる。ふと前方から視線を感じ、強すぎる快感にぼやける目を向けると、電源を切られたテレビの黒い画面に、絡み合う二人の男が映っていた。

——なんて姿だろう。

ズボンの前をくつろげただけの菖蒲に反して、聡介は生まれたままの姿で大きく開脚させられ、男のものを銜《くわ》えさせられた尻穴を晒している。腹を掻き混ぜられて勃ち上がった性器は、今にも絶頂を極め、精液をまき散らしそうだ。

そして、画面の中から聡介を射る、菖蒲の獣めいた眼差し——。

「――あぁ…、あん…、あ、あぁ……っ…！」

悦楽に染まりきった断末魔をたなびかせ、担ぎ上げられた脚をびくんびくんと痙攣《けいれん》させながら、聡介は絶頂に駆け上がった。同時に、腹の表面には己が噴き上げた精液を、内側には菖蒲の精液をぶちまけられ、全身が燃え上がる。

「ひ…、あ、ぁあ、あっ……」

テレビの大画面に、背後から菖蒲に抱きすくめられ、身じろぎ一つ打てない聡介が映し出される。

蕩けた己の瞳が雪也のマンションを密かに訪れた際、対峙した数馬のそれと重なり、聡介は脱力した身体をそっと菖蒲に預けた。


六月も半ばを過ぎると、都心のビル街は早くも真夏の蒸し暑さに襲われる。

いつものように定時で事務所を出た聡介は、欲しい本があったのを思い出し、駅前の書店に立ち寄った。目当ての本を入手し、何気無く雑誌コーナーに足を向けると、ひときわ高く積まれた新発売の雑誌の周囲にちょっとした人だかりが出来ている。

「やっと見付けたー！　もう、発売されたばっかりなのに、どこにも無いんだから」

「やっぱ、すごいイケメンだよねえ。あたし華道なんてよくわかんないけど、こんな先生に教えてもらえるなら入門しちゃうよ」

「写真集とか、出ないのかなあ？」

目をきらきらと輝かせながら雑誌を購入していくのは、大半が若い女性だ。書店員が必死に補充するそばからどんどん売れていくので、雑誌の山は低くなる一方である。

女性客の集団が消えたのを見計らい、聡介は雑誌の棚に歩み寄った。残り一冊となった雑誌『春暁』は、華道春暁流が定期的に発行しているもので、購入者は大半が春暁流の弟子か生徒だ。発行部数もそう多くない。

それが大型書店の雑誌コーナーの最も目立つ平台に積まれ、飛ぶように売れていくのは、ひとえに表紙を飾る青年――新家元の功績だろう。紋付き袴《はかま》で威儀を正した典雅な美貌の家元は、華やかでありながら凜とした気品を放ち、見る者の目を釘付けにする。

今まで部外者には全く注目されなかったにもかかわらず、新家元のお披露目《ひろめ》も兼ねた今号が発売されるや否やＳＮＳで話題となり、増刷に増刷を重ねるのも無理は無い話だ。発売日前に被写体である家元本人から献本をもらった聡介さえ、こうして書店で見かけるとつい手が伸びてしまうのだから。

「あっ……」

聡介が棚から雑誌を取り上げた時、背後で女性の声が上がった。振り返ると、会社帰りらしい若い女性が空になった棚を愕然と見詰めている。

聡介は苦笑し、女性に雑誌を差し出した。

「…よろしければ、どうぞ」

「い、いいんですか？」

頷いてやると、女性はぱっと破顔して受け取り、何度もお辞儀をしながらレジへ去って行った。

写真とはいえ、恋人が数多の女性を魅了するのは少々複雑だが、春暁流の顧問弁護士としては喜ぶべきなのだろう。宗家から二人もの逮捕者を出し、一時は激減した生徒数も、新家元がお披露目したとたん以前を上回る勢いで増加しているのだから。

書店を出た後は駅前でタクシーを捕まえ、菖蒲の……否、菖蒲と自分のマンションに帰宅する。いつもなら運動不足解消も兼ねて歩くのだが、今日は京都の黒塚本家に赴いていた菖蒲が三日ぶりに戻る日だ。出来たら先に帰宅し、出迎えてやりたい。

幸い、帰り着いたマンションに、まだ菖蒲の姿は無かった。まずは汗を流そうとバスルームに向かいかけ、聡介ははたと昨夜の電話を思い出す。

『……明日は、シャワーを浴びずに待っていてね。久しぶりの聡介の匂いを、じっくりと堪能したいから』

電話の向こうの密やかな息遣いまでもがよみがえってしまい、聡介は手洗いのついでに冷たい水で顔を洗い、上がりかけた熱を無理矢理冷ました。

部屋着代わりの藍染の浴衣に着替え、夕食の準備に取り掛かる。と言っても、聡介の料理の腕など菖蒲に及ぶべくもないので、菖蒲が気に入っている近所の寿司屋から出前を取り、酒を冷やしておくくらいだが。

程無くして寿司が届き、やるべきことはなくなってしまった。手持無沙汰になってリビングのソファに身を沈めると、慌ただしかったここ二か月の出来事が脳裏を駆け巡る。

――鴎太郎がこの世を去ったのは、聡介と菖蒲が病室を訪れてから十日ほど後だった。臨終が近いと連絡を受け、急行した菖蒲が病室に到着する、ほんの数分前に亡くなったそうだ。

そのまま喪主を務めた菖蒲は、遺言書に従い、春暁流第三十四代目家元を襲名した。

亡き前家元の長男と次男が揃って刑事訴追された今、残された直系は菖蒲しか居ない。菖蒲の血筋や鴻太郎たちの一件が全く問題視されなかったわけではないが、菖蒲の圧倒的な美貌と才能に賭ける以外、春暁流に再生の道は無かったのだ。鴻太郎たちが逮捕された直後、沈む船から逃げ出す鼠の如く、鴻太郎派と隼次郎派の幹部たちが辞任していたのも、菖蒲にとっては良い方に働いた。

菖蒲は『イーリス』の経営者と春暁流の家元、二足の草鞋《わらじ》を履くことになったのだ。春暁流の顧問弁護士だった南野は、鴻太郎たちの犯行を止められなかった責任を取り、辞任を申し出ている。今後の捜査次第では弁護士法の懲戒を受け、法曹資格を喪失する可能性も高い。

代わりに顧問弁護士を引き受けてくれないか、と菖蒲に請われ、聡介は快諾した。三十にもならない若造には過ぎた重荷を、少しでも肩代わりしてやりたかったのだ。聡介も春暁流ほど大規模な組織の顧問は初めてだが、経験豊富な父の賢一や頼もしい後輩の雪也が全面的に協力してくれたため、なんとか務められている。

鴻太郎と隼次郎が犯した罪に加え、兄弟の骨肉の争いが連日マスメディアで報道され、創立以来の危機に陥るかと危ぶまれた春暁流だが、菖蒲が家元襲名を公表するや、事態は予想外の方向に発展した。春暁流へのバッシング一辺倒だった報道が、一転、菖蒲への同情と擁護に変わったのだ。

最たる原因は菖蒲の美貌だろうが、菖蒲の顧客たちや、実父である五百蔵の助力もあったのではないかと、聡介は踏んでいる。愛しい女の血と己の才能を受け継いだ菖蒲は、五百蔵にとって最も可愛い我が子だろう。

新たな家元の下、春暁流は息を吹き返し、更なる飛躍を遂げた。僅か一月《ひとつき》程度で、全国の生徒数はそれまでの倍に膨らみ、今も増加の一途を辿っているという。受け入れきれなかった入門希望者が、順番待ちをしているほどなのだ。

新たな生徒たちの目当ては勿論、人間離れした美貌の家元である。菖蒲は彼らの期待に応えるべく全国を駆け回りつつ、ネイリストとして古くからの顧客のケアも欠かさないため、自宅を空けることも多くなった。そこに黒塚家当主の責務も加わるのだ。ここ二か月ほど、二人きりで過ごせる時間は激減したが、それもそろそろおしまいだ。

鴎太郎の相続にまつわる諸々の手続きが無事終了し、春暁流もだいぶ落ち着きを取り戻した。今回の京都出張が済めば、しばらくはこちらでゆっくり過ごせるはずである。

春暁流の行事は関西方面が圧倒的に多いのだ。黒塚家の本邸も京都にある。本拠地をあちらに移した方が良いのではないか、と聡介は打診したが、菖蒲にはきっぱりと断られた。

『だって、聡介の事務所は東京なんだから、付いて来られないでしょう？　俺、聡介と離れる気は無いよ』

自分の方が遥かに多忙なくせに、菖蒲は聡介を気遣って——いや、甘やかしている。

鴎太郎の死後、赤坂の自宅から自分の家財道具を持ち込み、正式に引っ越してきた聡介だが、菖蒲の留守中も家事の類は一切していない。ものぐさなのではなく、掃除洗濯などは菖蒲が手配した業者が完璧にこなしてくれる上、食事は菖蒲が作り置きを大量に冷凍しておいてくれるので、やることが無いのだ。

一応、何もかも世話になるのは気が引けたので、掃除と洗濯くらい自分でやると申し出たのだが、そんな些末《さまつ》事よりも弁護士としての務めに邁進して欲しいから、と拒まれてしまった。

『俺が聡介に救われたように、俺以外の人たちも、聡介に助けて欲しいから』

菖蒲に期待されていると思うと、弁護士の業務にも今まで以上に気合が入った。不思議なことに、菖蒲の本性を受け容れてからというもの、かつてないくらい仕事が円滑に進むようになっている。

清濁併せ呑むというわけではないが、物事の裏に潜む本質を…今までは無意識に視界に入れないようにしていた闇を、直視出来ているからかもしれない。父の賢一にはだいぶ融通が利くようになったなと初めて誉められ、雪也の態度からも完全に棘が抜けた。聡介が己の同類であることを、本能的に看破したのだろうか。数馬と二人で幸せでいてくれればそれでいい、と今では素直に祝福出来る。たとえ、二人の行く末に待ち受けるのが、奈落の闇だったとしても。

「ふぁ、あ……」

だんだん瞼が重たくなってきて、聡介は大きなあくびを漏らした。

担当している企業の決算月が重なったせいで、ここ数日、仕事量がいつにも増して多かったのだ。きっと、あと三十分もすれば菖蒲は帰ってくる。出迎えてやらなければと思うのに、強烈な睡魔は容赦無く聡介の意識を蝕《むしば》んでゆく。

……五分だけ。ほんの五分、目を瞑っているだけ。

そう己に言い聞かせ、閉ざした瞼の裏に、何故か叔父の顔がぼんやりと浮かんだ。再び海外の任務に旅立つ直前、事務所に立ち寄った賢次郎は、聡介を近所のカフェに連れ出し、真剣な顔で忠告したのだ。

『ねえ聡ちゃん、聡ちゃんが選んだ子なら僕、反対しないけどさあ。気を付けなよ？　本当の本当に気を付けなよ？』

特に公表したわけではないが、賢次郎は菖蒲と聡介の関係を察していた。

『…あの子はきっと、聡ちゃんが思ってるよりも…色々と、深い子だから。深入りしたら、抜け出せなくなるよ』

ちゃらけた性格とは裏腹な慧眼《けいがん》に感心しつつも、今更、と聡介は苦笑せずにはいられなかった。もう遅いのだ。聡介はとうに、本性を剝き出しにした菖蒲に捕らわれてしまっている。きっと…出逢ったその瞬間から。

『――ウツギ、っていうんだよ。君と同じ名前だね』

心配そうな叔父の顔が霧散し、代わりに白い花の下で微笑む恋人が浮かび上がる。

花よりも花のようなその手に誘われ、聡介は夢の世界へ旅立っていった。

長い間繋がりっ放しだった腰を引くや、菖蒲の形に綻んだ蕾《つぼみ》からどろりと大量の精液が溢れた。尻のあわいを伝い落ちていくそれを掬い取り、愛しい男の中に押し戻すと、菖蒲は硬度を失わぬままの肉刀で再び蕾を貫く。

「……ぁ、……」

あえかな喘ぎを漏らし、菖蒲の下で大きく脚を開かされた聡介は、いきり勃ったものを従順に呑み込んでいく。

その目は開かれてこそいるが、光を失い、焦点も合っていない。うたた寝の最中、帰宅した菖蒲にわけもわからず衣服を剝がれ、それから休み無く犯され続けたのだから当然だろう。ふと確認した壁時計は、菖蒲が聡介を最初に貫いてから四時間後を示している。

「クッ……」

これだけ長時間行為に及んでいながらスーツのズボンをくつろげただけの自分に、思わず苦笑が漏れた。ソファの周囲には、引き裂かれた藍染の浴衣が散らばっている。

やりたい盛りの男子高校生でもあるまいに、と自己嫌悪を覚えないでもないが、仕方が無いのだ。菖蒲の前で、無防備な寝姿を晒した聡介がいけない。こちとら何日も別離を強いられ、飢えも限界だったのだから。

「…あぁ…、可愛い、聡介……ずっと、こうしたかった……」

されるがままの身体を上から押し潰すように抱き締めながら、小さく腰を揺らし、日に焼けた肌の匂いを吸い込む。濃厚な聡介の匂いは、聡介が菖蒲の約束を守ってくれた証だ。菖蒲にこうして抱かれるためにシャワーを浴びずに待っていたのだと思うと、数え切れないほど果てたはずの雄が、聡介の中でみるみるまに漲っていく。

「……や、……もう……」

ほとんど意識は蕩かされたはずなのに、本能的に危機を察したのか、聡介がゆるゆると首を振る。普段の毅然とした姿からは想像もつかない幼げな仕草に、菖蒲の心は撃ち抜かれる。

「…もう、駄目？　俺だけの可愛い子は、もう、俺を受け容れてくれないの？　俺はまだまだ、聡介が足りないのに…」

「…ぁ、あ、あぁ…」

「……いいでしょう？　聡介……」

返事を待たずに、菖蒲は粘ついた抜き差しを始める。こうなってしまえば、どのみち聡介には菖蒲を受け容れる以外の選択肢など無いのだ。菖蒲が体内でくすぶり続けるこの情欲の炎を燃やし尽くすまで。

「…ね…、聡介。愛してるよ。初めて逢った日から、聡介だけを愛してる」

繋がった腰を揺すりながら、スーツのポケットに入れておいた赤のマニキュアを取り出し、これ見よがしに聡介の目の前で手指の爪に塗っていく。微かな刺激臭が漂ったとたん、ぬかるんだ媚肉がきゅうっと菖蒲を締め上げた。

「…ん…っ、聡介…、聡介ぇっ…」

「あ……、…あ、…は…ぁっ…」

ソファに投げ出されていた聡介の手が、のろのろと持ち上がる。

マニキュアを塗っている途中の指を摑まれそうになって、菖蒲はひょいと手を引っ込めた。恨めしげに睨みつけられるが、可愛いだけだし、乾ききっていないマニキュアを口に入れさせるわけにもいかない。紅く染まった菖蒲の指先をことのほか好む聡介が、何の躊躇いも無く喰らい付くことはわかりきっている。

「…あ、あや、あやめ…ぇ…っ…」

いつもはきちんと整えられている髪を乱し、理知的な瞳を欲望に蕩かし、精液をみちみちに注ぎ込まれた腹で菖蒲を咀嚼《そしゃく》する聡介の、なんて魅惑的なことだろう。誰からも好かれ、頼られる聡介をここまで堕としたのが自分だと思うだけで、聡介の腹の中のものは性懲りも無く充溢していく。

……最初からわかっていた。聡介がこの手を、熱のこもった目で見詰めていたことを。

放っておけばいずれ冷めたであろうその熱を、故意に燃え上がらせたのは菖蒲だ。常に聡介の眼差しを独占していたくて、離れ離れになっても忘れずにいて欲しくて、この手と指を聡介の官能の引き金として刷り込んだ。

その結果こそが、今の状況だ。

『だって……、だってお前が生まれたのは…、…罪なんかじゃ、ないじゃないか…っ…』

聡介が鴎太郎から菖蒲を庇ってくれたのは嬉しかったが、少々残念でもあった。もしもあそこで聡介に止められなかったら、菖蒲は鴎太郎の短剣を奪い、揉み合うふりで刺し殺してやるつもりだったのだ。

あの病院は実父である五百蔵が実質上のオーナーであり、死にかけの患者が少し寿命を縮めたところで、いくらでも揉み消せる。だが、聡介は恐れおののき、己を責めるだろう。その場に居合わせながら、菖蒲の父殺しを止められなかったと。

そうなったら、しめたものだ。聡介はこれから先一生、罪悪感で雁字搦《がんじがら》めにされ、菖蒲から離れられなくなるではないか。

菖蒲の本性は、鴎太郎が暴露したほど甘くも優しくもない。しょせんあの男は、菖蒲の上っ面しか知らないのだ。菖蒲がどれほど聡介を欲しているか、聡介をこの手に縛り付けるためなら手段を選ばないのか、最期までわからなかった――わかろうとしなかった。妻を死なせた挙句、利用されるだけだった自分を、認めたくなかったのかもしれないが。

聡介だって同じだ。今回は菖蒲のもとに留まってくれたが、今後もそうとは限らない。恋人として共に過ごしていくうちに菖蒲の真の本性を悟り、恐ろしくなって逃げ出すかもしれない。

それくらいなら鴎太郎を殺して恐怖と秘密で縛り上げ、最初から否応なしに離れられなくしてやろうと企んでいたのだが、思っていたよりも聡介に愛されていたようだ。喜ぶべきか悲しむべきか悩んでしまう自分は、何度も鴎太郎に不気味がられた通り、どこかおかしいのだろう。

『……あまり、僕の先輩を虐めないで下さいね？』

聡介が拉致されたと一報を入れた時、そう意味深長に囁いた雪也は、間違い無く菖蒲の同類だ。賢次郎にもどうやら警戒されているようだし、優秀な弁護士である父の賢一は、今でも一人息子の聡介に惜しみ無い愛情を注いでいる。高校時代と同様、相変わらず聡介は、彼を愛する人々に囲まれて生きているのだ。

菖蒲を除けば最も仲の良かった大貫を使ったら、聡介が菖蒲に友情以上の感情を抱いていると確認出来た。離れる前に、聡介に菖蒲という存在を強烈に刻み込むことにも成功した。

……可愛い後輩や近しい親族を使ったら、今度こそ聡介を完全に菖蒲だけの可愛い子に出来るだろうか……？

「…こら、駄ー目」

くい、と引っ張られる感触で我に返ると、マニキュアを塗ったばかりの指を、聡介が口に入れかけていた。慌てて手を引き、おしゃぶりをしたそうな唇に、指の代わりの口付けを落とす。

「……ちゃんと乾いたら、聡介のお腹の中、掻き出してあげるから」

だから今は我慢して、と囁くと、無意識なのだろう。聡介の両脚が、菖蒲の腰を挟み込んだ。理性も意識すらも手放しかけているくせに、もっと多くの精液を絞り取ろうとしているのだ。

行為の後、大きな姿見の前で開脚させられ、紅く染まった指先で腹の中の精液を掻き出されるのが、よほど気に入ったらしい。最近では、己の体温で温めた菖蒲の精液をひり出させられるその感触だけで、射精を伴わない絶頂を極めることさえある。

ゆっくりと確実に、菖蒲好みに孵化《ふか》していく身体――でも、まだ足りない。弁護士としての正義感を捨て、外になど出ず、菖蒲に依存しきり、菖蒲の帰りをベッドで待ち続ける。そうなってくれない限り、菖蒲の飢えが満たされることは無い。

「……愛してるよ、聡介……この世で可愛いと思えるんは、君だけや……」
たとえ、聡介が一生、菖蒲の望む聡介になってくれなかったとしても。たとえ、大事なものを奪われた聡介が菖蒲に憎悪を抱く日が訪れたとしても。

聡介だけが菖蒲の、掌の花だ。

あとがき

こんにちは、宮緒葵《みやおあおい》です。リンクスさんでは三冊目の本を出して頂けました。今回も御手に取って下さりありがとうございます。

この『掌《てのひら》の花』は二〇一五年に同じくリンクスさんより刊行されました『掌の檻』のスピンオフです。この本単独でも楽しんで頂ける構成にしてありますが、前作も併せて読むといっそう楽しめるかと思いますので、ぜひ前作もよろしくお願いいたします。


今回のお話の主人公は、前作の攻の先輩弁護士に当たる宇都木聡介《うつぎそうすけ》です。前作では受をさんざん警戒していた堅物の聡介ですが、ある意味前作の受よりも性質《たち》の悪い男に捕まってしまったかもしれないですね。前作の攻の雪也《ゆきや》は、受が自分以外選ぶ余地を失くしていくタイプでしたが、今作の攻の菖蒲《あやめ》は、聡介に多くの選択肢を与えた上で常に自分だけを選ばせる（そして自分以外に少しでも傾いたら全力でそれを潰す）タイプですので。

聡介自身はかなりの優良物件ですので、菖蒲にさえ出会わなければ普通に家庭を築いて平凡ながらも幸せな生活を送れたかも…と思っていたら、編集さんから『でも聡介の性癖なら、菖蒲に引っかからなくても、四十歳くらいで変なフェチ系の店に通い詰めるようになってそうですよね』と妙に具体的な指摘をされてしまいました。ありうる…。

　元々聡介には綺麗《きれい》な指に惹かれる性質があったところへ、菖蒲という逸材に出会ってしまい、一気にその性癖が開花してしまったのだろうなと思います。勿論《もちろん》菖蒲は、聡介がそういう性癖だと即座に看破した上で色々やっていたわけですが。私も常々、指先って官能的だよなあと思っておりましたので、今回たくさん指の描写が出来てとても楽しかったです。

　取材も兼ねて人生初のネイルサロンにも行ったのですが、とても丁寧に指を扱ってもらって、爪も『これが本当に自分の爪か？』と驚くほどぴかぴかにしてもらいました。ネイルは女性客の方が多いそうですが、純粋な爪のケアのために訪れるお客さんは、男性の方が多いそうです。菖蒲のお客さんも、男性客が多そうですね。

　取材と言えば、今回は主人公が弁護士ということで、知人の弁護士さんに色々とお話を伺いました。T先生、その節はありがとうございました。事実は小説よりも奇なりと言いますが、弁護士は対人能力と忍耐力が高くなければ務まらないお仕事なんだな…としみじみ思いました。

　ちなみにT先生の一人称が『弊職』なので聡介にも裁判中に『弊職』を使わせたのですが、改めて話を聞いてみると、現代で『弊職』を使うのはかなりご年配の先生方くらいだそうです。T先生は最初のボス弁が『弊職』使いだったので、移ってしまったとか。

…そ、聡介もお祖父さんあたりから移ったということにして下さい…。

今回のイラストも、前作に引き続き座裏屋蘭丸《ざりやらんまる》先生に描いて頂けました。座裏屋先生、お忙しい中ご快諾下さり、ありがとうございました…！　初めて表紙カラーイラストを拝見した時の衝撃は、未だに忘れられません。いつもながら物語を深く読み込んで頂き、ただただ感謝です。

今回から担当して下さいました編集のT様。細やかなお心遣いを頂きまして、ありがとうございました。引き続きどうぞよろしくお願いいたします。

最後に、ここまでお読み下さいました皆様。前作から四年も経ったにもかかわらず、続編を書かせて頂けたのはひとえに皆様が応援して下さるおかげです。重ね重ね、ありがとうございます。よろしければご感想など聞かせて下さいね。

それではまた、どこかでお会い出来ますように。

この本を読んでの
ご意見・ご感想を
お寄せ下さい。

〒151-0051
東京都渋谷区千駄ヶ谷4-9-7
(株)幻冬舎コミックス　リンクス編集部
「宮緒《みやお》 葵《あおい》先生」係／「座裏屋《ざりや》蘭丸《らんまる》先生」係

リンクス ロマンス

掌の花

2019年7月31日　第1刷発行

著者……………宮緒《みやお》 葵《あおい》

発行人…………石原正康

発行元…………株式会社　幻冬舎コミックス
〒151-0051　東京都渋谷区千駄ヶ谷4-9-7
TEL 03-5411-6431（編集）

発売元…………株式会社　幻冬舎
〒151-0051　東京都渋谷区千駄ヶ谷4-9-7
TEL 03-5411-6222（営業）
振替00120-8-767643

印刷・製本所…株式会社　光邦

検印廃止

ISBN978-4-344-84484-1 C0293
Printed in Japan

幻冬舎コミックスホームページ　http://www.gentosha-comics.net